人文阅读与收藏·良友文学丛书

舒乙题

原丛书主编：赵家璧

特邀顾问：舒　乙 赵修慧 赵修义 赵修礼 于润琦

出 品 人：马连弟
监　　制：李晓琤
执　　行：张娟平
统　　筹：吴　晞 姚　兰
装帧设计：赵泽阳

特别鸣谢（按姓氏笔画排列）：
韦　韬 叶永和 李小林 沈龙朱 陈小滢 杨子耘
张　章 周　雯 周吉仲 舒　乙 蒋祖林 施　莲
姚　昕 俞昌实 钟　蕻 郑延顺 赵修慧
以及在版权联系过程中尚未联系到的作者或家属

特别鸣谢：
上海鲁迅纪念馆
北京鲁迅博物馆
北京大学中国语言文学系
复旦大学中国语言文学系
中国作家协会权益保障委员会

人文阅读与收藏·良友文学丛书

暧昧

何家槐 著

中国国际广播出版社

良友版《暧昧》精装本封面

良友版《暧昧》平装本封面

良友版《暧昧》扉页

良友版《暧昧》广告（右）

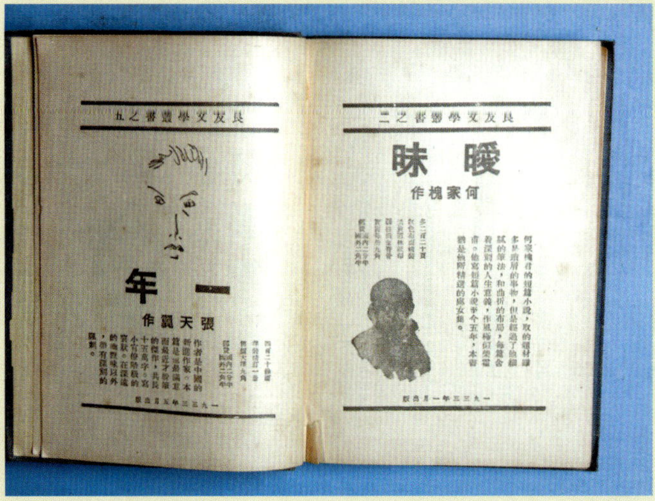

《良友文学丛书》新版出版说明

二十世纪三四十年代，著名编辑赵家璧在上海良友图书公司老板伍联德的支持下，历经十余年，陆续出版《良友文学丛书》，计四十余种。其中三十九种在上海出版，各书循序编号，后出几种则无。该套丛书以收入当时左翼及进步作家的作品为主，也选入其他各派作家作品。其中小说居多，兼及散文和文艺论著；第一号是鲁迅的译作《竖琴》。丛书一律软布面精装（亦有平装普及本），外加彩印封套，书页选用米色道林纸，售价均为大洋九角。

《良友文学丛书》选目精良，在现在看来，皆为名家名作；布面精装的装帧更是被许多爱书人誉为“有型有款”。不可否认，在装帧设计日益进步的当下，这套出版于二十世纪三四十年代的丛书外形已难称书中翘楚，但因岁月洗汰，人为毁弃，这套曾在出版史上一度“金碧辉煌”过的丛书首版已然成为新文学极其珍贵的稀见“善本”。

在《良友文学丛书》首版八十周年之际，为满足现代普通读者和图书馆对该丛书阅读与收藏的需求，我们依据《良友文学丛书》旧版进行再版（四种特大本不在其列）。本着尊重旧版原貌的原则，仅对旧版中失校之处予以订正。新版《良友文学丛书》采用简体横排的形式，以旧版书影做插图，装帧力求保持旧版风格，又满足当下读者的审美趣味。希望这一出版活动对缅怀中国出版前辈们的历史功绩和传承中国文化有所裨益，也希望广大读者多提宝贵意见和建议，以便我们把日后的工作做得更好。

《良友文学丛书》新版校订说明

一、本丛书收录原良友图书公司编辑赵家璧主编《良友文学丛书》共四十六种（四种特大本不在其列），乃为目前发现且确系良友版之全部。

二、此番印行各书，均选择《良友文学丛书》旧版作为底本，编辑内容等一律保持原貌，未予改窜删削。

三、所做校订工作，限于以下各项：

（1）将繁体字改为简体字；

（2）原作注释完全保留；

（3）尽量搜求多种印本等资料进行校勘，并对显系排印失校者在编辑中酌予订正；

（4）前后字词用法不一致处，一般不做统一纠正；

（5）给正文中提到的书籍和文章及其他作品标上书名号，原作书名写法不规范、不便添加符号者，容有空缺；

（6）书名号以外其他标点符号用法，多依从作者习惯，除个别明显排印有误者外均未予改动。

目　次

猫

一

妻爱猫。

她说猫的温柔就像未出嫁的姑娘；驯善就像丧了子的老妇；捕鼠时候的崛强，又像希腊古神话里的英雄。蹲在你的膝上，或者睡在你的怀里，犹如一个心爱的儿，使你感着满是爱，满是痛的甜蜜。那股不可抗拒的体热，从它绒绢一样的毛里，传到你的身上，就会使你感到拥抱着情人一样的温软。你抚摩，它就俯伏着不动；你逗，它就在你怀里跳着玩。如果你偶不留心，它就像个孩子似的溜到地上，眯着眼，挺着须，笑似的向你望。它既不像家犬一样蠢，又不像野兔一样滑。忠诚，机警，那样的伶俐，美丽，不叫你不欢喜。

妻爱它就爱得要命，简直胜过于爱我。但我却极端的厌，恨不得杀尽天下的猫，绝它的种。因为在过去，它分去妻给我的爱；到如今，又增加我一段痛苦的回忆。

是去年深秋的一个下午，我们家里忽然来了一位客。

他是我的老友，中学时代的旧知交。他新从杭州来，就在附近的仅海女校教书。学校离我家不远，横过狄威路，再转几个湾，就可以看见灰黑色的校门了。

那时我们住在福恩路，地方很寂寞。一条光滑如砥的马路，在瘦叶扶疏的桐荫下，迤逦到远处。因为偏僻，不热闹，车马的喧声真是难得听见。一切很静穆，很优闲，就连带笠帽，穿号衣的清道大，也似乎很懒散的，在跟着垃圾车慢慢的走。

我们初到这里，很生疏。终天幽闭在家里，郁闷得要命。亲友既远隔天涯；是近邻，又都不相往来。大门静悄悄的，像在做着噩梦。除了佣妇以外，一天简直没有第二个人进出。

我赋闲，妻也找不到事做。没有地方走，缺朋友谈天，实在怪难受。尤其是妻，她原是好动的，还有孩子气的女子。她活泼，强健，喜欢交际。整天的说，笑，跳，她整个的生命就是韵，就是音律。因此这种枯寂的生活，她怎么也过不下去。过一天，就像过一年，整天闷坐在房里，望着狭窄的天，飘忽的云，就像这种生活永远不会穷尽一样的忧郁。

“闷，闷，闷!”她每天总是这样重覆着叫。每说一句话，叹一声气，她那哀愁的眼光，总是很严重的落上我的面，那眼光，含着勉强遏抑住的恨，怒，仿佛完全是我害了她的一样。

“有什么办法呢？乖！”我总是迟疑着说，好像怕她谴责似的。

“但是这种生活，是永无穷尽的么？”她失望的问。

“请不要傻，我们就搬家的。”我总是这样说，叫她不要傻。但是看到她那戚然寡欢的神态，又觉得自己的话是谎了。

因为生活这样枯，一时又无力舍弃，所以朋友的突然来访，确使我们很惊喜。仿佛一群久困囹圄的囚徒忽然会见了亲友，我们几乎疑心这是梦。

我们尽量笑，尽量谈，絮絮休休的，不时的握手，像久别的兄弟，我们一味说着亲热话，想出各种方法，闹着玩，尤其是妻，好像格外的快乐，她忙碌地穿来穿去，吩咐佣妇买这样，买那样；想了又想，仿佛要搜罗到所有的珍品。恐怕年老的佣妇不懂事，记性差，于是使着嗓，叮咛又叮咛。她那亮澈的声音，在马路上都可清晰的听到。

她嫌佣妇脏，亲自在厨房里烹调。刀叉的响声，葱的气息，油的怪味，散布了各处。钟在优闲地走，落日镀金了客厅里所有的陈设。乌油的桌椅上，错杂着五彩斑烂的晕光。一种悠远深邃的情调，使人想起了古代的乡村。

“来，请为我们多年不见的老友干尽一杯!”我微笑向妻，双手擎着银色的酒杯。

“是的，戈琪君！以后我们是邻居了，请为我们以后的交谊干尽这一杯!”妻向戈琪笑，殷勤的劝酒。看见戈琪迟迟不举杯，似乎很着急。久已消失了的红晕，升上了她的腮。眼里闪耀着幸福的光芒，很妩媚。那种似有意又似无意的微笑，确是迷人。

“谢谢。”素性沉默的戈琪，还是以前一样的不愿多说话。他无声的干尽一杯，脸上浮着笑。

“你还不曾变!”我看着他说。

“不曾变?”他像不信这是实话。

“不过稍微老了一点——”我再举起酒杯，望着他，想在他的脸上找出一点与前不同的标记。但是除了新添的几条皱纹以外，简直找不出什么。圆睁睁的眼，还是那样有力；微微向上的鼻孔，直竖的双耳，短而硬的髭须，还是九年前一样——像一张猫脸。他的声音，也还是那样沉浊，雄健，断续不连——像只猫的声音。他的性情，也还是猫一样的温驯，猫一样的柔弱。

我们的分离已经好多年了，不但未曾多见面，就是通信也是很少机会的。从几次短讯中，我知道他自离校以后，做过教员，当过兵，在家赋过几个月的闲。因为朋友的介绍，他曾权充某小报的编辑。据他自己说，那时他只有月薪十五元，而且伙食住宿都要自理的。因为不备稿费，投稿者寥寥，大半文章还得亲自动笔。“真倒霉——”他有次来信说，“榨碎脑，呕尽血，自己编，自己做，还得自己付印。兼门房，兼打杂，一天简直忙得发咒。但是所得的报酬却只是疲劳，困倦，绝望和失意而已……”

在这种生活中，他也居然住上了一年。直到现在，他才重新献身于教育。据说他的离开报馆，还是因为报的销路落，生活程度高，经理先生说要给他减薪，补一点亏损。因此，他实在没有再住下去的可能了。……

“从此，我又要开始念经吃素的生活了。”他苦笑，——那种不自然的笑，多奇异！它能给你软，给你酸，仿佛吃了醋溜鱼。只有还未离校的时候，我是时常看见这种苦笑的。那时他也这样的冷静，这样的沉默。整天枯坐书斋中，像在念书，又像在沉思，其实谁能知道他在做些什么呢。他快乐的时候很少，我们却很喜欢吵，喜欢闹，整天想寻开心。“你看，他那付冷峻的神气！”我有时耐不住他的沉默，故意对人这样说。声音很响亮，意思是叫他听见，但他却装着像理不理的样子，一味的苦笑。

“但是，我们以前不是很羡慕教书匠的么?”我说，记起了我们以前热中于教员生活的事。

“那时，我们全是傻全是呆，一点不明白社会的情形，只是一味的空想，你大约还记得，我们那时候以为：教书是愉快，自由，神圣而且廉洁。我们幻想着幸逢女校，还可以同女生发生几件艳丽的罗曼司。但是现在——”他又苦笑了，我却沉默着不答。他是从不曾说过这样多的话，显然他是给教书的苦味所激动了。

“我求求你们，不要说这种乏味的话——”妻一面说，一面高擎起酒杯，“弋琪君！请再干尽这一杯！”

我们听到她的说话，也就竭力的振作精神。于是一阵热烈的碰杯声，在沉沉的夜气中荡漾到各处。

客厅上开亮了电灯，水绿色的灯光下妻在弹着愉快的钢琴。

二

从那天以后，他就差不多天天来了。开始那几天，我们似乎还有一层隔膜，于接待中，还不免搀杂些虚伪的客套。但是过了不久，我们就恢复了求学时代的亲密，妻也很热诚的欢迎他来。他也似乎很快乐，虽然还是以前一样的沉默，但是那层忧郁的面容，却已经完全消失了。

他一来，总是照例的坐在窗前。进门的时候，他总是照例的半天不说话。没有寒暄，也没有问好。静默了一会，然后慢慢的抬起头来，照例的说一句：

“为什么这样沉闷呢？”

他说这句话，像是不得已似的，并不希望有人回答。

“我想听一次钢琴——”接着他就照例的要求妻弹琴。有几次，妻虽很疲倦，想拒绝，但是看到他那恳切的面色，又不得不在钢琴的面前坐下了。

热情麻木了疲——倦，
恋爱充实了空——虚；
人们只有找到爱——
才算不是空过一世。

妻总是照例的弹着同样的歌，他也爱听这只同样的调子。那种愉快的琴声，仿佛很使他感动。他惘然地站在妻的背后，两眼无神的望着琴谱。

因为我们摸到他的脾气，了解他的性情，所以他来也好；去也好；说话好，不说话也是一样。他坐在窗前，无聊地翻书，或者注视着在窗外过往的浮云。我们却照旧的做着工作，仿佛没有他在房里一样。四周很静寂，只有萧萧的落叶声可以听见。他这样的默坐了一会，好像觉得沉闷，总是坐不到半点钟，就匆匆的出去了。

“出去玩玩罢。”有一天，他捻着短髭说，“我觉得很闷！”

“你请的是那一个？”我笑着问。

“你们两位。”

“但是我的稿还不曾誊好，”我说，“这篇东西今天是要付邮的。”

“那末密赛司金呢？”他苦笑着问妻。

“我么？”妻沉吟着说，看一看他的脸。“自然可以奉陪。”看她的神气，显然是勉强答应的。

“谢谢。”他很有礼的向妻鞠了一躬。

妻脸红红的，笑着向我说了一声“再会。”

我惘然地听他们走下了楼。

从此，他就每天要妻出去散步。妻呢，也是有可无不可的跟着出去。

他们走的并不远，大约就在附近马路上打了一个圈子。我每次计算，没有写上三页稿，他们就手挽手的回来了。他们的态度，真是出我意外的亲密。每次走进走出，总是夫妇一样的手握手，肩并肩的。我懊恼妻太放荡，太浪漫，在一个丈夫的朋友面前，我觉得是不应该这样过分亲昵的。

戈琪的愉快，也是增加我的疑虑的原因。他出去的时候，好像很抑郁；但是经过一次走，却像枯了的野菊重苏的一样，精神顿觉蓬勃得像个小孩。他虽然还是同样的镇静，同样的沉默，可是从那掩不住的笑容看来，他的心里是在激动着愉快的狂潮的。

“天气多美丽！”同妻散步回来，不论天晴或阴雨，他总是这样的赞叹着说。在这短短的感叹语中，可以看到那不可遏抑的热情。

“不，天气并不见得好呢？”我反对说，差不多是故意的。他照例的说好，我就照例的说坏。我自己也很惊异，看见他那样快乐，心里就觉得十分不快。虽然他们散步的时间并不长，走的地方并不远，但是他们出去的次数多了，我总觉得有发生暧昧事的可能。“或者——在偏僻的小巷里——”我时常这样想，但立刻又给自己对于妻的信任否认了。的确，妻是贞洁的。她对自己的爱情，还同结婚前一样的专挚。“结婚是爱情的坟墓，”这句话征之我们的历史，是不正确的。“难道为了一个新交的朋友，她会牺牲了对于自己的忠实么？”我这样自问，又即刻给自己宽解，“这是无论如何不会的，简直是不可能！……”

我咀咒我自己的多疑，量窄，心地不光明，而且头脑腐旧。“但是人——”我又时常这样想“多半是靠不住的。谁能永远保证自己的爱妻？那个女人不是水性杨花的？而且那个寡言的戈琪，未必不是貌诚心奸的痞子罢？……”因此，怎么也摆离不掉在我心目上日渐滋长起来的猜疑。我觉得妻已对我疏远了，不然为什么天天同他出去散步呢？怪不得这几天来，她时常呕我的气：姑息一只猫，任凭它打翻我的墨水瓶，喔，这可不是她变心了的证据么？而且她愈爱打扮了，花枝招展的，装饰得像个未嫁的姑娘。不烧饭，也不煮菜。洗衣服，更休想她来动手。如果这不是她变心的象征，岂不怪？她整天望着窗外，似乎在等着他。他一来，她的举止就活泼了，话语就响亮了，态度就柔嫩了，钢琴的声音也似乎更其娇媚了，吓，这可不是又是一种证据？“这定是——”我时常给自己下判语，“一个弃夫如遗的荡妇!”这样想时，我就会不自觉的打起寒噤。因此我恨妻真是出于意外的澈骨了，这种心理上的变化，着实使我自己吃惊。

我想捶妻的头，拧她的腿，而且踏扁她的嘴。

“你这畜生!”有时我觉得无所发泄，总是借猫出气。

“它好好的蹲在那儿，可曾侵犯到你？”妻看我无故打猫，就出来说话。的确，猫是她的生命，她灵魂的殿堂。我们有时偶尔不称心，动不动就口角。妻生气，我也生气，大家弄得难为情。但是她对猫，真是爱护得无微不至的，天天替它洗澡，修须，而且不时的替它搔痒。她总是笑着对我重覆的说，“猫是最伶俐的动物，它给你的尽是安慰，尽是温柔。”说这话时，她总是很骄傲，抚摩着睡在怀里的白猫，像有无限的光荣。只要有人触一触猫尾或是猫背，她就会出来干涉。她每夜总是带着猫儿睡，唱着催眠歌，很亲昵的喊着“小宝宝”。她整天的找猫，防走失；而且逢人便称赞，好像怕人忘了她有这样一只猫。“唉唉，你又照例的来那一套——”我不知怎样的，那时虽不十分厌恶猫，但是那种千篇一律的赞语，实在引起我的不快。“它是你的丈夫不是？”有时我这样问，她的眼泪就很快的流下来了。

“它不时打翻墨水瓶，妨害我的工作！”我总是这样的替自己辩护，妻愈想助猫，我就愈要打猫。猫受了痛，照例总是咪的一声，跳出门外不见了。

“你这狠心鬼！”妻指着我骂，连忙跑去找猫。看它那种垂头丧气的神气，她的芳心似乎痛惜得碎了。

“由不得你骂！”我愤然地拍着书桌，“你去叫‘猫’来！”

“叫猫？这是什么意思？”妻疑惑的问，“猫不是卧在我的怀里么？”

“不是这只真的——”我摇着手。

“是假猫？”妻骇然了。

“是那个像猫的——像猫的——”我踌躇着说，觉得这是太忍心了。妻是神经过敏的女人，一定懂得我的话。在我家进出的，除了戈琪以外，还有那个呢？而且在平时，我仿佛记得已经对妻说过戈琪像猫一类的话了。

“我已经懂得，你是疑心到戈琪——”妻果然懂得我的话，啜泣着，恨恨的抱猫出去。看她那种苦恼的样子，我又不禁后悔自己不该这样鲁莽。他们出去散几次步，原是极平常的事。就是手握手，肩并肩，也是毫不足怪的。而且戈琪每次出去玩，总是照例的邀我一同去。

自己拒绝，又自己怀疑，啊，你这自私的男人。

我们时常这样吵，这样闹，感情的裂痕，终于不可收拾的爆发了。

那是一个宿雪初霁的冬晚。我们因为觉得闷，散步到附近的墓地里去。那里阳光正照着雪地里的枯杨，有水从枝上滴下。白色的十字架，石墙，墓门，以及埋在乱石中的墓碑，都在金色的交错中，镶着银色的绢边。草地上的雪，还不曾完全溶解，我们的脚下发出雪块碎了的声音。

“太太，你有信。”佣妇匆匆的跑来，匆匆的递过信，又匆匆的跑回去了。

“是那儿来的?”我无意的问。

“表妹。”

“可以给我看看么?”我问这句话时，觉得我们只是泛泛之交一样。

“自然可以，不过——”妻迟疑的说。

“不过什么?”

“要等我看完了以后——”

“这又是什么意思?”我明知是她表妹的来信，因为我认得她的笔迹。但是为了某种缘故，我却故意的加上一句，“莫非是‘猫’的消息?”

“……”她在看信，不曾注意我的话。

“这畜生!”看见她不答，我又愤愤地打猫。这时猫正蹲在她的身旁，睁着那双圆眼，对着浮云望。

“给我滚！”我踢猫，拉住它的尾巴，在雪地里倒拖，这时她已愤怒得不能再忍耐了。

“它又侵犯不到你，”她的脸色都变了，“我真不明白你为什么这样的厌恶猫！”

“因为你爱它胜过于爱我——我明知自己的话没有理由，却还是说。”

“请你自己想想——”她哽咽着说，“难道我会爱猫胜过于爱人？”

“但我并不是说——”我吞吐着说。

“那末你所说的是——？”妻摸不着头脑，懊丧的问。显然的，她已忘掉前几次的口角了。

“是那位像猫的——”我手不随心的，指着仅海女校的那面。那个猫声音，猫脸，而且猫性情的戈琪，立刻电影般的浮现在我的眼前。

“哦，你还是疑心到我们。”妻突然站起来说，一个水绿色的信封落在她的脚下。“我真不知道你的居心何在，我们不是已经好久不曾出去了么？”

“有什么不明白？你自己倒给情热昏迷了。”我执拗的说，“难道除了散步以外，你们就不曾有过别的——？”

“这只有天知道！”

“天知道？好巧妙的饰辞！那种手挽手，肩并肩的情形，请你自己想，多刺眼!”

“好，你既这样的怀疑我们——”妻镇静自己，“你的眼光竟是这样浅，心地竟是这样窄，很抱憾的，以前我竟一点也不知道！你怀疑我们已经好久了，就是替我自己辩白，我知道也是无用。我早已知道，你已渐渐的厌弃我了。因为一个正热中于妻的丈夫，无论怎样不会无故疑心到她的贞洁的。”

妻的态度突然变成这样镇静，颇使我惊异，她的头发散披在脑后，晶莹的泪珠隐在她的眼角，欲流不流。那种不胜忧伤的姿态，又使我不胜怜惜。我想跑过去，抱着她痛吻一阵。但是固执的自尊心，怎么也不允许我这样做。我觉得在妻的面前认错，是很羞辱的一事。虽然知道这是虚伪，这是道学气太重，但是要我向妻低首下心，怎么也是做不到的，而且同妻闹翻的事情，已经司空见惯了。我是始终相信：妇人是眼泪一干就会眉开眼笑的。

“那你打算怎样办?”我冷笑。

“马上离开你。”

“离开我?”我又冷笑。

“当然。”妻坚决的答。

“那你预备那里去?可是‘猫’那里——”看见她那坚决的样子，似乎受了委屈，愤怒又不自觉的回上我的心头。那个猫脸猫声音的戈琪，又像电影般的在我的眼前浮动。“这是一个貌诚心险的痞子！”我愤愤地想。而且我给自己决定，他们在散步的时候，一定有过什么不可语人的，暧昧的行动。

“可是到‘猫’那里去?”我又逼着问。

“……”她不答，很悲伤的旋转身去，只吸了一枝烟的功夫，她已默默地独自离开了墓地。她那宽敞的皮氅，渐渐的消失在远处。

我料定她是回家去的，一点也不着急，站起身，像胜利似的叹了一口气。

果然，她已先到家，一看见我，似乎不好意思，连忙脸红红的跑上楼去。我看见她那仓皇害羞的神情，不觉得意的笑了。

我优闲地坐在自己的房里，优闲地吸着卷烟。成圈的烟影，似乎幻出了不少形形色色的猫脸，刺刺的吸烟声，催眠着我，使我就是这样优闲地入了睡，而且优闲地做了梦。

第二天清早，我起来很宴。这时已是上午十点钟，门外可以听到刷马桶的声音。

我走过她的房间，听听没有一点声息，我以为她睡熟了，窥进门缝低声的喊：

“曼娜，已是起来的时候了。”我叫得很粗声，几乎疑心自己又是发怒了。我觉得对妻太温柔，是有损自己的自尊心的。

房里没有答应。

“好大的脾气！难道昨天的气还不曾全消?”我以为她在撒懒，故意同我赌气。

但是房里还是没有答应。除了自己粗哑的声音外，四周很静寂。

我觉得奇怪，一种笨重的预感压上我的心头。我推门进去，立刻惊住了。房里很凌乱。床上已经没有纹帐，空空洞洞的，除了一些碎纸片以外，简直没有留下什么东西。

“难道真的走了?”我疑心这只是一个玩笑，决不是真实。难道同居了这么久的夫妇，因了这次毫无意义的口角，就会这样简单的，平淡的，毫不留痕迹的分散了么?

我捶着胸，跺着脚，想在什么地方，找出一点她真的已经走了的证据，但是没有，一点痕迹也没有。她走的时候好像很匆忙，连写条子的功夫都没有。但是房里的东西收拾得很干净，又显见她临走是很从容的。“她不愿意使我晓得!”我自语着，在房里踱来踱去，思想很乱，没有一点头绪。我仿佛听见猫叫，以及妻抚慰猫的柔声。悲哀像冰块似的，从我的喉间，一直落到我的肚里，渐渐的溶解，又渐渐的凝冻。

“一定是到戈琪那里去了?”我坚决的想。我似乎亲眼看见她走进仅海女校，不一会，他们就又手挽手，肩并肩的走出校门，向不可知的方向跑去了。“他们一定已经离开这里！”我一面想，一面疯狂地吸着香烟。那个猫声音猫脸而且猫性情的戈琪，总是幻影般的留在我的眼前。“这畜生！”我愤怒地伸出拳去，好像一拳打中他的胸，并且还听到他的呼声。但是仔细一看，却只打着自己的腿，白晰的皮肤顿时起了一块红疤。

我苦笑着，在心里嘲弄着自己。

“王妈！”我忽然想起王妈，于是喊着她，想问她一点关于妻的事。

半天没有答应。

“王妈，王妈，王妈！”我连声叫，这才听见一声微弱的疲音，“嗳来了。”

“快。”我喊，但是王妈还不见出来。

“你还睡在这里？懒猪！”我愤怒地跑到她的房门前，看见她还在那里铺被。这真是火上添油，我恨不得用随便什么东西，猛力地打她一下。

“先生！你得原谅我才是！”王妈苦笑着求情，眼睛似乎浮肿着。看她那样的没有精神，好像还想睡。

“你说什么？”我惊异地问。

“我昨夜帮了太太一夜忙，到得今天东方发白才睡了的。”她说着，从口袋里取出一张皱缩了的字条，“这是太太叫我给你的，她说她到亲戚家里去，什么事情都写得有，无须我传话。”

“就是这样?”我觉得事情太简单。

“是，先生!”王妈看见我在看条子。为了暂避我的怒锋，一溜烟跑去煮菜了。

条子上写的很简单，但这短短的几句话已很够使我流泪了:

“我们的一切都已完了。

“但我并不怨你，因为使得我们决裂的，并不是你，也不是我，更不是你那可怜的朋友戈琪。我们的幸福，完全是给‘猜疑’破坏了的。因为我们相互间的‘爱’，渐渐的因为猜疑而变成‘恨’，变成‘妒’，因此我们不能不忍痛的诀别了。或许因为这一别，我们会在悔恨中互相了解的。因此我的走，完全是为保全我们过去值得纪念的几页……

“啊，我们终于诀别了，请你忘了一切罢——你的曼娜。”

三

几个月的光阴过去了。

妻走后的几个星期，我是差不多发疯了。一个人整天的坐在客厅里，无可奈何的吸着纸烟。看到那种虚飘飘的，不着边际的烟影，一种空虚的感念，就会螺旋似的钉上我的心头，冰块似的冷了我的手足，终至苦酒似的麻醉了我的思想。在那个时期以内，我是怎样的厌恶我自己，怨恨我自己，恐怕没有人会相信的。仿佛刚才做了一场恶梦，一切梦里的罪恶都要我来负担。我想登报，去问仅海女校的当局，但知道这都是无用。每天清早，我就像落了魂，失了魄的一样，走到马路上，盼她回来。但是那条寥阔的大道，看去只是一线无穷尽的延长而已。

我最后才发现，猫也不见了。一想起从此再也听不到妻的欢笑，和猫的欢叫，我就觉得坐不安，睡不安的，很想不顾一切的大哭一顿。“的确，这怎能怪她呢？她也有自己的人格，有自己的自尊心的一个女子，她怎能任随你的作践，忍受你的冷嘲热讽？”我不时这样的自谴，觉得弄成这样的僵局，完全是自己一个人的罪过。“妻走了，朋友也走了，你这孤独的男人哟！看你还能安然的生活下去不能？”我捶自己的胸，拧自己的腿，恨不得把自己一头撞死。

但是时间是能麻木人的感觉的，我自离开妻以后，居然已经孤寂地过了几月。她在我的记忆里，已经渐渐的褪色了。厌恶自己的情绪，再也不来痛苦我的心了，吃，睡，看，写，马马虎虎的我又过了一天。倦怠的时候，我就跑马路；马路跑够了我又静下心来写。我觉得没有曼娜，也是同样的能够生活下去。我屏除一切思念，专心于材料的搜集，内容的结构，以及字句的推敲上。天天期待着的，只是编辑所里的来信。我的愿望变成更单纯，任何事情都不足打动我的心。只有编辑所里的来信，才能使我快乐或是忧郁。我觉得自己的幸福：财产，名誉，以及第二个妻，都要靠那几篇文稿决定的。

真的，我已完全的忘掉妻了。就是偶然的想起了她，也只如一阵白烟的飘过，丝毫不留痕迹。在我这个快已麻木了的心湖上，再也吹不起痛苦的涟漪。“想她干么？算她已经死了，葬了倒也干净。”有时我竟这样想。

但是有一天晚上，我正在誊写文稿，忽然佣妇送来一封信。我满以为是编辑所里寄来的，那知拆开一看，却是戈琪的笔迹。字迹很潦草，显然是在精神不好时写的。

“你不晓得，我是病得多利害！如今虽已好点，但是全愈之期却还遥远得很呢。

“现在我请你来此一走，因为最近曼娜有信来，提起了你们口角的事。

“我不能多写信，这是医生禁止的。我仍住在原校，功课有人代授——你的好友戈琪。”

“我不能信！”我虽然这样说，事实上却不能不信。

饭也不吃，带上帽，立刻就往仅海女校走。

戈琪的卧房，是在教员寝室的最后一列，窗子都敞开着。枯草的香气，随风飘了进来，使人感得很沉闷。

我一直走进他的房里，就在临窗的一把圈椅上坐下。

“戈琪！”我轻声地叫，这时他正背着帐门睡。

“哦，你来了么?”他含糊的说，仿佛刚从睡梦中醒来似的。

我们紧紧的握着手，默然了良久。我注意他的容颜，憔悴了；他的头发，秃了；他的眼，已没有猫眼那样有神；他的声音，也没有猫叫那样雄健了。可是他的性情，还是猫那样的温柔。他对于我的嘲弄，怀疑，像毫不介意，很亲昵的握住我的手。

“你说曼娜有信来不是?”我含泪问。

“有的。”他从枕旁掏出一个信封，那纤美的手迹，一看我就晓得是曼娜的。

“我丈夫的朋友——不，我的朋友戈琪君！因为我已离开丈夫了，所以我不能借用丈夫的名义。其实，你也一样的是我的朋友哪！

“我们决裂的原因，是完全为着你，但这决不是你的罪过，也不是我的不好，我们只不过很寻常的散了几回步，我们可以互誓，相互间决没有什么可耻的，暧昧的行为。

“罪过的本身，是‘猜疑。’因为丈夫怀疑我的贞洁，时常冷嘲热讽的，逼我走。我也一时昏迷，怀疑丈夫另有钟情，所以才会这样的无中生疑；因此他逼我走，我就走，啊，感情真是盲目的！我那时的贸然出走，还不是凭着一时的冲动?

“离开丈夫后的痛苦，我不愿多说。其实事已如此，多说也是无用的啊。

“现在我担任着一只小学校的功课，生活很枯寂。事情很鲜，日唯娱猫以自遣。的确，猫是最堪怜爱的动物，它给你的‘爱’，有时竟胜过情人们给你的‘恨’。而它于我，啊，更有另外的意义。因为在它身上，我可以发现许多被我丈夫打伤了的疤痕。这伤痕，使我不时忆及那些可纪念的往事。所以猫是我们恨的结晶，在这一方面，它给我的只是伤心。但在另一面，因为恨的极端就是爱，所以它给我的，又是希望和追怀的交错。

“你大约还在那里服务罢？如果你还不曾离开，那末同我丈夫晤面的机会，想来总该有的，恐怕这个时候，他还在怀恨着你呢。

“近来我很烦闷，因为我又不自禁的想起了他。但我却不愿见他，除非‘恨’已转成了‘爱’的时候。

“请为你自己洗白，我写这封短信的动机，就是为此。——你朋友的妻，不，你自己的朋友曼娜。”

我真的几乎晕倒了。曼娜又在我的记忆里苏醒过来。一个梦影似的，她怎么也不离开我的眼，我的脑。我似乎听到她那柔弱的声音，在抚慰着心爱的花猫——我们“恨”与“爱”的结晶。她似乎很忧郁，很痛苦，那样清贫的教师生活，或许已经把那美貌年轻的太太，变成一个善愁多病的老教师了。我还看见那头花白的雄猫，蹲在她的身旁，很忧伤地向她痴望。她的书房必定是很卑陋而且龌龊，她那些学生们必定是很顽皮而且愚蠢，同他日常接近的人们：校长，同事，以及学生们的家属，一定也很腐败而且可笑。……她过的是怎样的一种生活？这一种生活，究竟是谁给与的？是谁逼她走上这条路……我真的流下泪，更紧的握住戈琪的双手。我追悔起一切，自谴自责的情绪燃烧起来，一些可纪念的往事：结婚前的恋爱，度密月时的浪漫，以及迁住到上海来以后的愉快，甜蜜，争执，决裂，以至于分离，而致今日的后悔。……

“你想，我可以再见曼娜么？”我无意识的问。

“那怎样得知？她也并不曾告诉我一些更详细的事情！”

“但是，你难道只接到过这一封信？”我一问出，就觉得太孟浪了。

“怎么？难道你还疑心我对你的诚实？”戈琪喘着气说，语气里面含着怒意。

“这并不是说——”我吃吃的说不成话，觉得很不安。妻是没有归意的，否则为什么不附写一个较明白的通信处呢？

“那末，我的好友！我告诉你，曼娜是不会同你再见面的了。”他看我沉默着不响，又喘着气说，“请你平一平气，告诉我为什么我是你们闹翻的原因？”

“请你恕我，我亲爱的好友！”我嗫嚅着说，“我们分离的原因，是因为她不能忍受我给她的怀疑——怀疑你们每次散步的时候，有什么——”

我不能再说下去了，溜出他的手，抓着帽子就走。

这时风正括得很大，黑云在空中驰逐，是落雨前的光景。泥土很湿润，各处已在透露出早春的气息了。

我很懊丧地回到家里，心很虚。好像很恐怖，怕戈琪从后面追来，要我把决裂的经过说出底细。我狠命地关上门而且加上锁。疯狂似的跑上楼，坐在床边疯狂地搓着双手。

写稿，誊稿，卖稿，前途的希望，意外的荣誉，第二个爱妻，……这些这些，在这一忽中，忽然都变成毫无意义了。

“咪——嗡——”当我正在踱来踱去的时候，忽然听到一声猫叫。我疯狂地跳出卧室，滚下楼梯。啊，这是一种多么熟悉的声音！

我顺着声音走去，找了许多时，才见一个花钵上，蹲着一只雄猫。它是花白的，各部份都很像妻心爱的那只。我跳着跑去，想把它紧紧的抱在怀里，亲他，吻他，问他主人的起居。但我一走近去，他就竖起尾巴逃走了。看他跳跃的样子，我才想起家里那只猫早已给妻带走了。

“或许他正睡在妻的怀里罢？”我叹气仿佛失了心的一样，惘然地望着雄猫逃走的方向。

到了应该写稿的时候，我还颓然地躺在大椅上，剧烈地想起那只猫，爱猫的那个女人。

如今已经半年多了，妻的消息还是云一样的渺茫。一听到猫叫，梦境似的追忆就会痛啮我的心。

湖　上

雨晴了。天色渐渐地退清，凝厚的黑云，已经意兴索然地纷散。澄澈的湖水，受够了暴风雨的蹂躏，现出青苍的，疲倦了似的神色。它再受不了什么刺激，它已兴奋得够了。连对那仅能掀起一薄层涟漪的微风，都好像太软弱了的一样。游客很少，公园里的几条坐椅，都给雨湿了。山影模糊，雾还不曾全收，远雾里透出荷花的幽香。

这时我们正沿着湖边缓步。我们要在一点钟以前，赶到岳坟。我们不能从容的浏览风景，我们有比雨后的湖山更明媚，更娇翠，更醉人的约会。虽然我没有把握，没有得她的允许，不免使我感到了一点慌乱；但在这样美丽的天气里，去会一个心爱的女人游湖，总是一件愉快的，激动人的乐事——不论这件罗曼司的进行是否顺利。

我的同路人野莘，是个低身材，善言笑的青年。我们的年龄相仿，但我的外貌，却比他苍老得多了。我容颜枯槁，身体衰弱，日常的一举一动似乎都已僵化。我对付一个女人，老是显得愚蠢而且可怜。我不会逢迎，不会取悦人，我简直没有一件事不是堪人发噱的。但是他，却是强健而且灵活，女人见了谁也抵抗不住他的诱惑。他在我舅父底下做过科员，后来升为科长，在一个大的公署里，就算他臂膀最长，话语最灵。舅父什么事都听从他，简直到了迷信的程度。就在这个时期里，他看上了我的表妹曼仙，勾引她，使她未达成熟的年龄就坠入恋爱的疯狂里了。我的爱，刚好是她的表姊——我姨母的女儿雪雁。这时她们正在同一个学校里念书，朝夕相从，感情非常和睦。我同野莘都是秘密的去幽会，因为我们的目的相同，所以我们才能那样毫无忌讳的同行。

他尽是谈话，一路上尽是那样的喋喋不休。他说我们在游湖以后，最好合雇一辆汽车，在湖边兜了一个圈子。他说他熟悉一家新开的汽车行，他去雇大约可以多打点折扣。他又说兜过了圈子，再吃次大菜，看夜戏，然后开一个旅馆——最好是武林大旅社，因为那里他可以挂账。他暗示给我所有奢华的，安逸的，旖旎动人的幻梦。他约略的计算了一下，说每人只要化上二三十元就可应付裕如了。但是我，虽然就在目前的幸福使我激动，但那一种好像命上注定要失望的预感，却使我困恼。

雪雁新从乡下出来，当然还免不了羞缩，免不了胆怯。而且她已订过婚，她的未婚夫是我的表弟——就是我舅父的儿子，而我现在正寄食在他的家里。这关系，当然使她不敢怎样大胆的接受我的挑拨。何况我从未向她公开表示，就是昨天那张约会的条子上，也只有几句模糊的，影射的话语。那短简能否递到还是疑问，就准之已经递到，她看了以后是否愿意，却更难说。

我怀着惴惴的心，跟在我同伴的后面，我的精神忽而紧张，忽而松懈；一时感到所有的幸福都已实现，但忽然所有的希望都消灭了，留下来无底的黑暗。我临事老是这样的懦弱，这样的优柔寡断，这样的喜欢往绝望扫兴方面想。走一步，慢一步，犹豫心情的增浓，竟使我隐约地感到一点儿恐布。想到雪雁如果公然在他们的面前拒绝我的邀请，或者给她未婚夫偶然碰到的难堪，我几乎想在半途踅回。像我这样胆怯的，神经过敏的男子，不要说不能做什么事，实在就连谈恋爱都够不上资格。

天色越来越明朗了。远峰渐渐褪出了浓雾，远在对岸的别墅，看去只像疏落落的白点。系在柳树下的画舫，都纷纷的解缆了，绿波的深处顿时荡漾着歌声。那在晨雾里听来缠绵，黄昏时显得凄厉的军号声，在这晴和的午后，却如此雄壮。

狼狈的心情渐渐平静下去，我开始走得很快，野莘几乎赶我不上。但是走到平湖秋月的时候，一看表，已是一点多钟了。我们在不知不觉间，已经误过了时刻。一阵急，使我们得了莫大的勇气，用长距离赛跑的方法代替缓步。我很少跑路，平日总是跑不到几步就会喘气；尤其是在去年大病后，就连较急的走路都觉困难。但现在，我却毫不放松的跟住他，不让他先跑前一步。可是我的眼睛终于眩晕起来了，一条修长的马路，仿佛变成了一些模糊的圈圈，路旁的沙砾，仿佛都在迸裂着火星。我的头，也随着沈重起来。我几乎载不住躯体，若不是为热情所支持。我们有时碰到了电柱，有时同黄包车夫撞了一个满怀。听了那些粗野的，无礼的咀咒，我们并不站定了斗气，因为实在没有多余的时间给我们在路上勾留。我们如果再不赶快跑，那她们会怎样怨恨，怎样的焦灼！

我的脸色灰白，喘不过气来，拖着一双脚就如拖着一具犁。人们很惊奇地看我，站在路岗上的警察，几乎想禁止我们。我们其实都感到了绝命的疲乏，恨不得随便倒在那里休息一刻——只要休息一刻。但是那湖水，湖风，温暖的臂膀，亲切的抚慰，以及武士式的矜夸，这一些憧憬是那样的鼓舞着我们，终于使我们勉强地支持到底。当我们跑过西泠桥，看到岳坟的时候，我们真的禁不住欢呼，喘着气，断续地喊出我们的快乐。

但是还不到岳坟，我们忽然的一阵怔忡，一阵惊愕，因为我们看见她们正在白云庵前雇车。

“怎么——你们打算那里去?”野莘失声问。

“回家去。”

“回家去?怎么你们全不记得那件事?”

“记得的，不过天晓得你们什么时候会来!”曼仙似乎有点生气。

“对不起。我们——不过现在总算赶到了，是不是?”他一面说，一面马上退了黄包车，而且提议到她们的学校里休息片刻。

他们并肩的在前面走，似乎有意的撇下了我同雪雁。但雪雁却不解这种意思，或许不愿意这样，老是不前不后的走在当中。她沈默地低着头，显出那样庄重的，大方的态度，以致使我不大敢开口。就是偶然说几句，但接着却是更难堪，更苦窘的沉默。他们却谈得很高兴，很欢畅。衬着那种亲密的样子，使我们的冷淡，变成更触目。

盘算了半天，我胆怯地问道：

“学校到了吗?”我记得这句话已经问过三四次了。

“就在那边，你看，那些白房子。”

“学生很多罢?”

“还不上一百。”

“先生严厉吗?”

“很宽松。”

“很宽松?”

“你以为宽松是不应该的——你以为?”

“并不是这个意思，不过你们的年龄还不及从前的高小生，你们都还是些不大懂事的小宝宝呀!”

她不说话了，仿佛我的话冲撞了她。我为什么要说她们还是些小宝宝呢?她们不是已经懂得了恋爱，而且正在恋爱了吗?我不论做事说话，老是带几分傻气，不恰当而且好笑。难怪我向女人献殷勤，结果老是失败的。

校舍是经过粉饰的旧屋。紧邻门房的，就是学生会客室。几条凳，一个桌，两张学生团体的照片。满壁都是蜘蛛网，砖石发霉的气息，窒塞我们的呼吸。女学校里的房屋，会如此阴沈，如此简陋，简直难以使人相信。在我们过去经验中的女学校，总是光明的，愉快的，到处都可以听到婉啭的歌喉，和着嘹亮的琴声。但那天，就连较动人的笑声都不曾听到。我们去看了校园，校园是荒芜的；去看了教室，教室是黑暗的；走进了饭厅，却只见一些杂乱的饭桌。总之，这整个学校，实在给我们一整个坏印像。想到我们的心肝就在这里面念书，就在这里面作息，我们不免感到了一点懊恼。

走到一条走廊的尽处，他们忽然不见了。他们的故意避开，我知道，是要给我一个邀请的机会。时间是短促的，我如果不快点下手，那这一次的冒险，又会毫无结果。

我抖擞精神，轻轻的问道：

“你乐意出去玩玩吗？”

“那里？”

“随便——最好是湖上。”

“也好。”她的答应是勉强的，“请在这儿等一歇，我上楼换衣服去。”

她上楼去了。我的心是这样急，但时间过的却是那样慢。我站在走廊里，看看来往的校役，唯恐他们来质问。有几个女生走过我的身旁，露出奇怪的，探问的眼色。尤其使我放心不下的，是恐怕表弟也趁着假日来访雪雁。我等了又等，倾听着，希望楼梯上有她的脚步声。但四周始终沉寂着。我越等越急，越急越怕，唯恐她有心玩弄。想叫门房去喊，但那奸滑的老汉，却回说他不知道新生的宿舍号数。我自己又不敢跑上楼去找——因为女学校不比男学校。正在这个进退两难的时候，他们臂挽臂的向我走来。

“你独个儿呆在这里干吗？”

“她上楼换衣服去了。”

“那末已经答应了？”

“答应是答应了。但她上楼去已经很久，曼仙！尽等在这里我心慌，请你喊她下楼罢。”

终于她下来了。她改了服装。她系了一条黑裙，上面衬着天青色的短衫。一双红色的皮鞋，大约是新置的，擦得很光亮。我平日最喜欢女人穿高跟鞋——那样会使脚富于曲线，而且合于天然的节奏。我不喜欢少女着黑裙，那显得老成，显得村俗，那太像老太婆的装束。但在她的身上，却显得那样朴素，那样高雅。在都市里的香艳中过久了，突然看到这样洁素的打扮，仿佛吃一口清茶，我感到一阵凉爽。我注视着她，这乡下姑娘会很迅速的变成这样美丽，我微感惊异。她脸红红的走在我们中间，还是同以前一样的避我，而且更紧贴的跟住曼仙。

“你为什么老是跟着我？”曼仙笑着问。

“她以为我是蛇蝎呢。”我很快的插了一句嘴——自以为很聪明的，想逗她发笑。但她却蹙着眉额，一声也不响。看她的样子，我知道自己又把话说岔了。

走到湖边的时候，野莘忽然问：

“四个人同船，还是两两分开？”

“这是怎么讲？我不懂为什么分开——”雪雁气愤愤回答。

“他不过随便问问，以为人少比较舒服点，请不要误会有别的用意。”

曼仙说得很委婉，她也就平下气了。

船都荡开了。沿岳坟一带，只剩下三四只。船破旧，索价又贵，我们都迟疑不决。这时太阳已经转西了，湖水上碎着一片阳光。天上无云，清朗的一望无际。因了阳光的蒸郁，荷花的香气，更来得馥郁。景色是这样明媚，给她的冷淡阴沈下去了的心，这时又渐渐的炽狂起来。我满望想出一个方法，使她愿意同他们分离。湖水，湖风，温暖的臂膀，亲切的抚慰，以及武士式的矜夸，这些似乎已近实境的憧憬，这时更进一步的撼动我。我跑去买生菱，买生藕，以为水果买来，她再也不好过拂人意了。那料我正要跑进水果铺，忽然听到雪雁喊我。

我惊奇地跑回来问道：

“什么事？”

“你可以少买点水果。”

“为什么？”

“因为我要先回家。”

“先回家？”

“我不回去家里会挂虑。而且我有点头痛，是的，有点儿头痛。我不能奉陪了，所以我想你只要买三个人的水果。”

她说话时，现出很固执，很坚决的态度，虽然经过我们的苦劝，我们的哀恳，但她却一点也不迁就。她固执地抄直路，没有一点转湾的余地。我们不知所措的凝视着她，苦闷地沈默着，不知应该怎样才能挽回她的心。这半途的碰壁，突来的扫兴，使我慌乱了。一些欲壑难填的船夫，还不知趣的向我们纠缠，要我们多出一点价。他们喧闹着，催促着，更使得我们失了主意。其实只要她回心转意，什么价我不愿出？

“我决计不去，你喜欢就同他们去罢。”

“这怎么——怎么可以？我们四个人出来，最好四个人同道去。”

“但我感不到一点兴趣。”

“就会感到兴趣的，”我说，仿佛又有希望了的一样，“这样凉爽的天气，马上会医好你的头痛——”

“但我已经决定了。”

“绝不能通融吗？”我差不多哭了，“你如怕回家太迟，那我们就少玩一刻罢。”

“实在不能勉强。我这样颓丧，使你们也会感到不欢的。”

“不，只要你愿去，无论如何我们会快活的，会快活的……”

我用袖口擦了擦眼泪，实在我不能再忍受失望的摧残了。但她看了看我，好像鄙夷的样子，说道：

“不论怎样我都要回家。不过，你如愿陪我——”她说得是那样镇静，那样泰然，一句话都有一句话的力量。听她说愿意我陪她回家，我们都像重得了光明，顿时又活泼起来。于是我们决计分两道——他们荡船，我们却走路。在我临走的时候，曼仙脸红红的，低声向雪雁说道：

“如果你到我家里，表姊！请代我说一声谎。”

温暖的，但不是郁热的阳光，酣畅地睡在里湖一带的荷叶上面。荷花是红的多，白的少。那蒙密的香，那鲜艳的色，使我们感到古怪的甜蜜。四面是一湖的碧，上下是一片的空。远处有鸟声，因为太悠远，太杳渺了，我们辨别不出是谁的歌唱。我们只觉得一片谐和，一片宛如梦境里的箜篌。公共汽车在前面疾驰。它那神奇的迅速，在这午后的苍空下，似乎带点儿懵腾，带点儿醉态。喔，这是多愉快的，西湖的五月！

她在前面走着，那绰约娉婷的姿态，把我迷住了。她还是镇定的，沉默的，不大愿说话。但在那沈默之中，我已看出她的眼睛渐渐地发亮，脸孔渐渐转成微红。她时常假装看后景的样子，看了我一眼。她的黑裙轻柔地飘荡。身体的曲线，就是她不着高跟鞋，也很清楚地显出了。那双玲珑的，纤美的天足，格外的使我销魂。

“你为什么感不到兴趣？这样柔媚的天气！”

“他们的关系谁不知道？如果我们杂进去，你想，有什么意味……”

她动人地看我一眼，这一眼，使我壮起胆来了。

“那么现在去——现在只剩我们两个……”

“现在去？”

“是的……这正是时候……”

“不可以。”

“为什么？”

“如果给他们看到，不要说我们的闲话吗？”

“再不会碰到，这样偌大的一个湖，我亲爱的姑娘！”

她脸红，我也脸红了。我从未用过“亲爱的”三字称人。第一次喊出这一声——这轻轻的一声，甜蜜的滋味上着实混含了一点儿恐怖。

当我们走到了一带深邃的，浓媚的树荫下，忽然听到在背后的画舫上起了一阵狗男女的窃窃声：

“你看那一双，一高一矮，多滑稽！”

接着是一阵狂笑，一阵难堪的，尖锐的狂笑。听了这刻薄的讥刺，我的愤怒几乎爆发了。这是如何的侮辱，如何的羞耻！我们实在是一高一矮，很滑稽；但这也足以使他们这样开心，这样狂笑吗？她的脸色苍白，加急了脚步，还回过头来瞪我一眼——表示她的难堪。她的确是不能忍耐的，这样无故的受人嘲笑——而这嘲笑的人，又是几个无聊的，毫不相干的狗男女！

“你不觉得难过吗？”她忽然问我。

“不难过，只要你愿意——命令我一声，就是为了这个同他们去决斗，抛了命，我也决不后悔的。”我说这话时，磨拳擦掌地，把手指弄得霍霍一响，好像真的要去决一个雌雄。

“那又何苦来。”她向我譬解，说同这种人计较，是不值得的。但她显然又变得沈默了，而且愈走愈快，仿佛要立刻逃开那些狗男女的视线。我也感觉得不安，我实在太高大了。她虽然身材适中，但一走近我，就显然矮得好笑。

我们默默地走到平湖秋月，我的希望又重苏了。离旗下已经这样近，如不再请求一次，那么所有的希望就会马上消灭。

“雪雁！你允许我雇一只小划子吗？”

“做什么？”

“到旗下已经很近了，我们可以雇一只划子荡过去，用不了多少时间的——”

她听了我颤抖的声音，只一笑。过一会她才说道：

“坐船怪讨厌，我不惯。而且在旗下倘若给你的表弟碰见？……”

我极力想说明坐船并不慢，而且给表弟碰见，事情决不会这样凑巧。但她绝对不听从，摇摇头，表示她是下了决心的。

“我坐黄包车回去。”她要我替她雇车。

“荡船不是比坐车有趣得多吗？”我乘机想再央求她一次，但她对于我的热情，毫无怜悯；她不回答我的话，却自动的喊了一辆黄包车。

我的心沈下了，我最后的幻梦已经打破，我伤心地望她上车。她也并不向我说句温柔话——这是我最后的妄念。

“你就这样走了吗？”

“你还要什么呀！我实在什么也不耐烦——厌人的沈闷！”

我沮丧地望着前面，好像望着一片空虚。想起正来的时候经过此地，是那样的兴奋，那样的热烈；但现在，却所有的情景，仿佛都掩上了一层黑暗。野莘和曼仙，这时他们在三潭印月，也许还是在湖心亭？想起他们并坐在船梢调情，我觉得一阵自伤，一阵妒羡。

但是，天下不幸事老是双行。当她正要向我忍心告别的时候，我们忽然听到了一声呼喊，从刚刚停在附近的一辆公共汽车上发出。

“雪雁！你上那里去？”我听出是表弟的声音，不禁打了一个冷战。

“回家去。”

“那是表哥吗？”这近视眼，认清了未婚妻却还认不清我。

“是的。”

声音渐渐的逼近，表弟似乎很惊讶的，走过来握手。

“你到过岳坟吗？”

“没有，我们是在路上碰到的。”我竟撒谎了。对于这欺骗，我感到惭愧。

“记得你是告诉我上戏院去的，是不是？”

“本来我是那样想。因为找一个姓徐的朋友不着，一个人又没有意味，所以独个儿出来逛逛。”

“可是——”他斜睨我一眼，不信任似的说，“有位姓徐的朋友到我家里找过你。”

“那末他一定先去找我，因为我到他家里的时候，他不在。”

“但他说等你不着，才找我的家里去。他还说你不守约，以为你有急事或者病倒了，那料你却独个儿在湖上逍遥？”

他大声地笑了。我无话好说，我觉得自己的秘密已给人揭破，给人看穿，我觉得受了无礼的盘问，难堪的审讯。我差不多又因羞愤激成暴怒了。我想厉声的辩白几句，责斥一番。但我的嘴唇抖了，我的嗓子也嗄了，我说不成话。

“你想回去了不是？”他们同声问。

“不——谢你们好意。我还再走一点路，再逛几个地方，因为我已好久不到西湖了。”

说了这些话，我觉得松了一点，因为可以马上走开了。

他们唧唧哝哝的同坐黄包车回家。我却忧郁地，沮丧无言地独上孤山。

牙痛

某一天晚上。

外面是一片美景。鲜亮的夕阳，正照在灰黑的屋瓦上，在苍老的桦树上，在荒凉的田野上，异常耀眼。在晚照中的野景，从不缺少这种柔和的情调。这情调，仿佛是袭轻呢的大衣，一穿上身只会叫你感到软，感到暖，但同时却使你记起寒伧时候的悲哀。这种一半舒泰，一半愁惨的感觉，我真爱享受。沉浸在这种情调中，我老是欢喜：在那萧瑟感人的阡陌上来回地踱到天黑。在那时，最使我感到悠然的，是我刚要走向回家的路上，忽从微紫的暮天外，远远传来一声低沉的汽笛；在背后，在我静默的，轻愁的，几乎是虔敬的谛听中。所以住乡下的时候，在这种晚上，在这种郊外，听这样杳渺，这样飘远的汽笛，确是一种神妙的享乐。在平日，我是从不间断这种享乐的。但现在，我病了五六天牙痛，已经整四个日夜不曾出门了。一个人孤寂地睡在床上，没有安慰也没有怜爱；每天，当这温暖的黄昏，望着窗外的鲜亮，记起在郊外漫步时候听到的，那种幽微深远的汽笛，我便更觉得孤寂，更觉得无助。在日间，妻虽则照例的来望我几回，但是诚心的安慰，热诚的温存，却是绝无仅有的。从前的那种恩眷，那种体贴，早已不见了。剩下的，只有无可奈何的敷衍，她的慰问都已成了千篇一律的重覆。她显然已经厌恶了我，厌恶了我的病痛。因为这病痛，是只能给她烦扰的。在她有几次含糊的回答，以及任性的行动中，我看出了这个，而且懂得了这个。想起她以前侍病的殷勤，问候的真诚，我觉得非常难受。这异常的惆怅，每因暮色的降临，暮色的增浓，渐渐变成忧疑参半的自伤……

“现在可好些？”

这时妻正从门外进来，看见我睡在床上，失神似地注视着窗外，注视着黄昏，随便地这样问我。这一次牙痛，她在白天来望我，每次老是问这样一句，我看出她的随便，不高兴回答，只把被头紧紧地蒙住脑袋。

她异常聪明。看穿了我的脾气，她便悄悄地走到床沿，蹲在脚凳上，把我蒙着的被头掀去一角，同时一双热烫的小手，轻轻地放到我的额上。抚摸到我的腮上，她才初次发现了一个奇迹似的，惊讶地喊道：

“可怜，竟半只脸孔浮肿了。”

她说得异常轻，异常柔，但没有一点儿热情。牙齿已经整整地痛了五天，但她说“可怜”，竟还是初次。记得前几年，在新婚后，不论我有什么病痛，她确是非常焦灼，非常担忧。就是极轻的头晕，眼红，或偶冒了风寒，她都是急个不了的。有几次，为了一点小毛病，她竟请遍了全村的医生。她怀疑这个的手术，怀疑那个的学识，觉得所有的医生，全是不够资格下手的蠢才。她那样谨慎，那样焦急，似乎这样一点小病痛，就会把她相依为命的丈夫给毁了。她性急，我又这样的多病，所以在先前，她确是多挂虑，多焦愁的。但这次牙痛，已经过了这么久，她却一天也不曾为我担过心事，这冷淡，真使我难以捉摸。我们过活得平平安安的，不曾吵过嘴，也不曾有过其他裂痕；但她对我的疏远，对我的倦怠，是显然的了。在白天，牙齿还痛得可以忍耐，但一入黄昏，那一阵紧似一阵的疼痛，却真是难挨。那不绝的呻吟，是她听得的，但从不曾跟先前同样的温存过一次，抚慰过一次。她只取自便，装假睡。有时我杯里的冷水完了，喊她起来再舀点，她答应是答应的，但答应的声音，是那样缓慢，那样烦燥，似乎很不愿。有时她竟不曾去舀水，又重新入睡了。就是马上替你拿到水，她却始终不会饶放你，使你安安心心的喝水，她会得给你另一种难堪——向你毫无理由的发一阵牢骚。有几次，她竟叽哩咕噜的唠叨到半夜。使你在牙火外，还不得不直冒心火。她说半夜睡不著，刚想睡，偏偏我又要茶要水了。她说服侍过多少病人，但全不同我一样多事，而且他们的病全比我利害。听到这抱怨，我真想不顾一切的扑了过去，痛捶她一顿。但半夜三更的吵醒一家，吵醒四邻，又下不脸去，所以每夜都只得自己郁闷着挨到天亮。看那灰青的晓色照进窗户，想到自己又孤苦的辗转了一夜，竟下泪的事，也有过几次。但是妻，却呼齁得很响，好像全无忧心的睡兴正浓。她近来为什么这样的冷淡，这样的漠不关心，我始终猜她不透。这哑谜，真够苦闷哪！

"走开！"

我让她抚摸得不耐烦。心火熊熊的这样回答。

"讨厌我？"

"……"

"那我走就是。"

她真个拖着鞋子，往客厅里去了。那步履，我听出是异样的响亮。她穿的是拖鞋，但走在地板上，就如穿着木屐鞋在大理石的楼梯上踉跄，发出的声音又烦燥，又逆耳。她走出这样大的声音，我不知道是负气，还是出之疏忽。她从不曾走路这样吵过人，尤其是在我有什么病痛的时候。就连穿软底布鞋，或者胶皮底鞋，她也唯恐出声太大，把我吵醒了叫她自己难过。但现在，却似乎唯恐脚步欠重了。这到底是因了什么，因了什么？……

听她的脚步声渐渐远去，渐渐远去，以至于消灭。我的思潮愈过愈纷乱。想到妻近来态度的古怪，好像闷着一口气，又似涂着一嘴粪，那样的不安，那样的惊疑，是我从不曾经验过的。这时已经黄昏，不，简直已是黑夜了。一间阴暗的，潮湿的卧房中，只剩下我一个。牙齿痛得更利害，太阳穴的神经，跳动得异常猖獗，异常急烈。黑黯从室内渐渐的扩张，渐渐的弥漫了四周。窗外已经完全静寂了，听不见一点声音，看不见一个生物，伟大的沈寂，使人起了一种墓居的感觉。除了一缕两缕断续的寒烟，更不觉一点生命的痕迹。在这阴凉中，我是多孤寂，多无依！虽已有了多年的妻室，但在这俄顷，我觉得还是可怜的单身。这感觉，又如冰，又如火，尽在我的心头冷热交攻。最苦脑我的，是在忽然间，听到母亲跟妻的狂笑。他们正在客厅上吃饭，在笑声中，杂着嘈嘈急响的杯盘声。而且她们竟笑得那样高，那样蓬勃！我真怒极了。试想想，一个有病痛的人，（不论他病的是重是轻）给拘在床上，看着黑夜的逐渐逼近，逐渐增浓，一脉孤寂的感觉正苦恼着他，烦扰着他，忽然他听到了——远远地，几声欢乐的狂笑。这响澈的笑，许是出于无意；但在他想来，仿佛是存心嘲弄他的虚弱，他的衰颓。而这苛毒的声音，他最后察到，竟出之他最亲爱的。这发现，如果不会像一声霹雳，一锤重击，那才是希罕。你不信，试看我，这笑声竟使我的思想起了颤栗，灵魂起了震抖，就连身体也似乎萎缩了。我呻直着舒一阵，又卷曲着紧一阵，这样的杌陧不安，使得牙火又星星的直窜。我不懂她们这样毫无怜悯的欢笑，是不是她们已经忘了这阴黯的房里有一个人病着，而这人却是她们的亲骨肉，并不是陌路？她们在谈话中，可曾谈到自己的不能忍痛，而把这脆弱当为婆媳间开玩笑的资料？她们难道会以自己的痛苦为谈助，为笑柄？如不是这样，那有什么事使得她们这样开心，这样高兴？她们感到了什么，想到了什么？她们可已全不顾自己的牙痛，这抽筋似的牙痛；从前可有过这种现象？“不曾——”我自语说，“这确是一种新的冷淡，新的遗弃。……”

夜色已浓，但房里还是黑黝黝的，没有人送亮进来。

“灯哪！”

我带怒的喊。但他们依然的笑，而且更响亮，我的喊声给掩过了。

“灯哪！”

我再大声喊，并在床上用力的擂鼓，这疯狂的脚声倒使她们留心了。

“快送个亮去。”

母亲答应了，但是妻，却没有一点动静。

“来不来一个亮哪？”

我又喊，又踢，床板震动得怪响——我要试试妻究竟答应不答应。

“来了。”

又是母亲的应声。

门外已有人送灯进来，我以为是妻无疑了。但抬头一望，送亮的却是丫头阿竹。她把一盏煤油灯放在桌上，展好了适当的光度，弯一弯嘴问：

“少爷，奶奶问你要吃点什么?”

“喊她自己来!”

我怒声回答。阿竹大约见到我的怒容，畏缩着，不说第二句话的溜走了。

大约过了五六分钟，妻才满不高兴的进来，而且仍然毫无顾忌的把鞋拖得很响。她虽然满脸不情愿，但说话的声音，倒出乎意外的柔和。她问我要吃点什么，要莲子粥，还是要葛粉。她边问，一边却嘴里嚼着我暑天买回家的牛奶糖，并且还在左手上拿了半罐。她迟迟不来已使我异常生气，看见她那咀嚼的，安闲自在的神气，好像是毒上加毒，火上添火。记得牙齿前几天原不大痛，但四天前的一夜，因为同她多吃了糖，才痛得这样利害。如今她又在我的眼睛前吃了。这使得我不假思索的，把半罐糖抢过来摔在地上：

“吃你妈的!”

糖全倾在地上，但罐子飞了一空，没有伤她一点什么皮，什么骨；而且怪极的，是这暴急的一摔，竟把她那阴沈的，不高兴的脸色给驱掉了。她柔声地问我为何这样生气，她说她并不曾得罪我什么。我听着她的话，背向着床壁，还是一点不理她。这一来，她更柔声下气了。她把我的被褥重新铺过，然后挨近床沿，向我眯眼笑了笑，一步挨一步的坐了上来。她赔了罪。她说她很知道点灯睡，不是我所习惯的。她以为我牙痛，最好多睡觉，安心的静养。所以迟一忽送亮（她说原想同点心一道），会使我这样生气，她倒非常奇怪呢。听她那种并无存心厌倦我的话，我又不禁把心软下了。

“那末冲一小碗葛粉，糖少放!”

妻唱诺了一声，从碗厨中拿出了葛粉，似乎逃命一样的上厨房去了。

吃过了葛粉，牙齿较前更痛了。又酸软，又奇痒，牙齿似乎永远给刀子钳着，想把它拔下，但它偏偏给胶住在鲜肉上，动摇是动摇的，但叫它落下总是不能。所以这不是爽快的痛，是尽你挨受的苦刑。头也昏沉得非凡，神经跳得特别响，似乎要从太阳穴里跃出的样子。到半夜，两颊好像一分分，不，简直是一寸寸的肿胀，手一摸，就了不得的痛。而且一人眼花花的楞望着黑窗，楞望着阴灰色的天光，辗转地反侧，更觉得孤苦，因此我想唤醒妻：

“素仙，怎么办——”我摇她；“我快痛死了。”

“唔……”

“素仙，素仙!”看见她不醒，（是假装还是真的这样好睡，谁知道?）我连声喊她。

“什么事?”这时她才翻个身。

“你真放心哪!”

“为什么?”

“因为我牙痛得这么利害，你却——”

“叫我有什么法想?我又不是牙医。在我们乡下，什么病都得听它自然生，自然好；假使在有医院的城市，那就两样了。”她不高兴的唠叨；“你的牙齿也真怪，三天两天痛，我看还是拔了它的好。”

“可是素仙——”

“勉强合上眼睡罢。”她亮着眼说；“病又不比衣服，可以随意的穿脱……”

她懒懒地说，开了次大口，似乎又想酣睡了。听她那种淡漠的声音，我只得默然。

“安静点，能够安静许可好过些，夜已经深了。”

因着我的忽然静默，她又似乎不好意思的安慰我一阵。但这勉强的安慰，更使我难过。因为在这安慰的温柔中，我总觉得她从前的真诚，已经不见了。她的话已经缺乏热情，缺乏怜爱。她似乎不得不这样的敷衍我，她给我的已只是不得已的温存，一种名义上的关系所维系着的亲昵。这亲昵，只使你感到一种愁闷，一种不安。她竟会变成这样，我不知道是年岁的麻痹，也还是她内心的倦怠……

我为了避免自讨没趣，原想忍耐一下的，但是一阵阵的剧痛，不能叫我合一合眼。又一阵剧痛，一阵古怪的剧痛，竟使我从床上跳起，我想冰一冰牙齿。但杯里的冷水早完了。我想要她起来再舀点，可是经了许久的踌躇，才低低的溜出一声“素仙!”。她不好声气的回答我“又怎样哪?”，连头也懒转的，尽管自顾自的睡。我想再忍耐一下，是的，我为什么不忍耐到天晓呢。我举起杯来，想多少喝点残水，但入口的只是一阵阴凉的水气。而牙齿，喔，却是多渴想冰一冰，只稍冰一冰的清快！这时已过了三点，窗外，正括着大风；荒野上，有枯叶碎身的哀咽。几星弥留的灯火，在凄切的寒风中，衬出无穷的幽寂。听着隔墙的犬吠，我翻一翻身，又翻一翻身。这无人垂怜的翻身，真够惨。我又不禁酸鼻了：

“替我取一点冷水罢，素仙!”

“冷水又完了吗?”

“是的。”

“喔——”

她答应得那样缓慢。那样烦燥，似乎很不耐烦。我听到穿衣，因为心神的不属，她竟穿了大半天。那生硬的縩縩声，真够我活受。衣服穿好了，于是一根火柴，又一根火柴。——还得再来一根，一支洋烛才给点着了。于是一张绷得紧紧的长脸，丑脸，一个中年妇人厌恶丈夫，但又不得不替他做点事情时候的脸孔，在震得很利害，摇摇欲灭的烛光下显现出来。她懒懒地擎了烛台，也不看我一眼的出去了。门开得很响，鞋拖得更响；在关门的时候，喔，难道那竟是她说出的：“真吵得同孩子一样，——这样的一点小病痛！”

侏 儒

——这也算是婚礼吗？

是的，这也算是婚礼吗？一只破篷船，算礼堂，又算洞房。一道龌龊的，朽腐了的板门老是急紧地关在那里，谁知道里面有些什么陈设？他们在里面玩些什么把戏，又谁能明白？从棕叶缝里溜出来的乐声，听来真够沈闷。一顶茜红色的轿，四角里挂着灯笼，旁边紧贴着一辆载妆奁的独轮车。车夫疲倦地坐在一旁，似乎很不耐烦的听着妇人们的喧闹——她们正在竞看那些寒伧的陪嫁。在县府里倒马桶，扫游廊的老头子，在指挥这个，指挥那个的，似乎匆忙个不了。桥左的一个草坪上，为着婚礼临时搭成了一个布篷。穿大红棉绸衫，着黑布裙，却仍然赤脚的江北妇人，在临时筑成的露天小灶上烹调食物。一群不挂半丝的江北小顽皮，却在炎阳中汗臭淋漓地跑东，跑西，跳跃着作乐。

——这也算是婚礼吗？

是的，这也算是婚礼吗？这天真的，惊奇的疑问；这清脆的，动人的声音，把县政府书记何侃的视线吸引到后面去。喔，这一发现可了不得！——原来他身后正站着四五个女人，说这话的却是一位顶年轻，顶时髦的漂亮姑娘。她娇媚地笑着，很贪心地望着那只破篷船，似乎想窥出内部的秘密。她衣服葱白，微黑的脸色，象征出她的健康。那黑中带蓝，明中带暗的眼睛，闪出光芒来真够有神。她的头发很短，从身后望去，直像个男子。直像个男子？正是。但这可不是她的缺陷，在他心目中，那正是最有魅力的一点，他喜欢这种男子型的，强健活泼的女人。他不爱病态。他有的是新头脑，新思想，他决不再迷恋那些孱弱的病躯——那简直是些毫无趣味的骷髅。他幻想，幻想出一个宽畅华丽的客厅，在明耀柔媚的电光下，他跟她……她究竟是谁？……但这不管……她总是她……姓名以后自然会知道。……当然那时他已恋爱成了功，而且结了婚，她已是一个典型的贤妻。……不错，他跟她坐在一张沙发上，同念着晚报。她偎依着他，从他肩上透过洋溢的眼光。那眼光，他想，……他嘴上含着一支香烟，因为吸法已很高明，那支烟就像凭空地黏附在他的唇上。正念得有趣，忽然听到门开了，他们最忠驯的仆人进来，说有一位来客求见“少爷”……并不是“奶奶”……他点点头，于是来客被请了。……一踏上门框，——自然这是位生客，从不曾见过他同他的夫人。——就高声的问道：“那位是何侃先生?”……那位是何侃先生?……一听这问话，他们就耐不住笑出声来，因为那来客竟把他们认为一对男人！……一对男人！……而他们，实际上却是一男一女，一夫一妇……

因为她的后貌像男人，他竟堕入这种荒唐迷离的，家庭生活的憧憬中。他的全身卷入恍惚的梦境，眼花花的痴望着她，想引起她的注意。但她却高傲的，目空一切的凝视着远处。她一时搓搓手，一时掠掠发，重覆地说着：“这也算是婚礼吗?”她笑得异常高声，脸上闪耀出天真的晕彩。对这半开化的，简陋的婚仪，她觉得快乐。这排场实在太好笑，太滑稽！但她突然蹙起额，垂下脸，促她的女伴回家。显然他的凝目已给她觉得，而且使她着恼了。他干么那样忘形的看住她呢?他的丑，难道自己还不知道吗?他的背微驼，走路时一摇一摆，像负有什么重载似的喘个不住。他脸色焦黄，曾经手术的，扁而又亮的缺口上，疏落落的生着短髭——像乱草，又像马鬃。一开口，那嘴唇的翕动真有点离奇。他的声音是沙嗄的；他的头发是凋落的；他的眼睛上，还凭空地画上了一道伤痕。其实最糟的，还是他的个子。这样倭，又这样消瘦！走路的时候，像只螃蟹；喘息，又像头笨驴。女人最爱的，是坚实，发育得很魁伟的汉子——如果我们是女人，也是一样。因为他们很刚毅，很高美，有能力保护。但是他，却倭得不成话！女人大都不十分高大，但比他，却还高上半个头光景。站在她们的身旁，喔，多可羞，简直像个毛头毛脑的小鬼哪！他不时幻出各种幸福，但一想到自己的身材，就够气馁。他也曾使过许多变高的方法：譬如钻狗洞练拳术，但都不成功。可惜高跟鞋又是女人特享的利益，否则，他想倒可以买双来用用。……

这些难以补偿的缺陷，难道他自己还不明白？明白的，当然。但是一接触到她的眼光，他就拿不稳自己，毫不踌躇毫无戒心的爱上她了。爱上她？喔，这是怎么一回事？这种野心会给他失望，会给他痛苦，谁都可以断言。但他却不自量的，下了追逐的决心。对这渺茫的决心他虽然有点恐怖，但并不畏缩。

他自奉很苦，但为了这个新的追逐，竟做了一件单法兰绒的西装上衣。虽然那是起码货，但在他，却已是非常大的牺牲了。他不带草帽，也不着皮鞋，很滑稽的配上一条制服裤，同上海理发师的打扮全然一样。一到下午五点钟，他就穿上这身礼服，招摇过一条小巷，在巷尾的一个高阜上，看了一回在落日中渐渐昏黯下去的田野，然后缓缓的踱回巷中。这时，他就可以看到她正坐在模糊的电灯下乘凉。因为灯光很朦胧，她的脸色，看来有点苍白，有点恍惚。晚风吹乱了她的软发，一半掩上了她的前额。那种似乎乏了的，不胜晚凉的姿态，真使他着迷。

像这样逡巡了半月，他才知道自己追逐的姑娘，是陶医生的宠女雅君。她在女中里念书，整天生活在男性的包围中。在她面前献媚的英雄，不知多少，但能得她欢心的却一个没有。她喜欢玩弄男子，娱乐自己。她的高傲，她的残忍，和她的美貌同样出名。像何侃，她简直一见就会头痛的，还说得到什么情爱。但这热昏了的可怜虫，却以为自己的漂亮西装，足以诱惑她而有余。他生性燥急，什么事都想一蹴即就。对于爱，他也以为一言两语就可决定命运的。他不知道爱要使你历尽所有的艰险，尝尽所有的困苦，才给你一线微光，而这微光会不会像虹彩一样的灿烂，还得看你的命运。他想爱就爱，不爱就拉倒。要试探对方能否爱自己，只在于一封信；简捷了当的，只不过在于一封信而已。写信是不成问题的，难处是在找个适当的信差。结果他想起县长的女儿，或许能够担当。因为她们是同学，想来必定认识。就是她本人比较生疏，她的女友中大约总有人可以间接介绍。请她们递信，当然是万无一失。他虽然是个下级书记，但同县长带有一点亲谊，所以很有机会跑进县长的私室。

小姐刚好在刺绣，太太在隔室睡午觉，房里静悄的并无别人。

“什么事？何侃！”小姐从锦绣上抬起头来问：“我看你跑得很急哪！”

“是的，小姐！你可认得陶雅君女士？”

“不认得！”

“真的吗？”

“自然。”

“但我有件事，……一件要事……”

“不认得又有什么办法呢？”

“不过你的朋友中，想必有人认得她？……”

“那倒不知道。即使真有人认得，我也不愿为了你的事麻烦她们。”

她轻蔑地望他一眼，似乎他的秘密，已给她全部猜破。他索性将自己的相思，自己的计划统都公开了。他说得怪可怜，怪动听，想使她自愿帮他。但她却完全出他意外的不再说话，尽管自顾自的继续刺绣。给他缠得厌烦了，才冷冷的说一句：“什么都不成！”他失望地回到自己房里。他想不到这个坏心眼的小妮子，竟把他的哀恳，他的热情完全不当一回事。而对于自己的亲戚——父亲的僚属，竟这样的不可响迩。他苦转着念头，尽想着要怎样才能克服那个小妮子。因为他的心绪很凌乱，竟把同一公文重抄了五遍。那是很重要的一个报告，非当天夜里发出去不可。他一面唯恐科长催促，一面却又舍不得不想心事。所以焦急失望，同时扭住他的心。

天又是这样郁热，这样沉闷，到处只听到苍蝇的飞鸣。那单调的，低哑的声音，更增加了他的烦燥。

但他终于想出了一个方法，是足以使那小妮子屈服的。因为她这时正疯狂地爱上验契处的一个职员。那职员确很漂亮，全衙门人都欢喜同他接近，同他交游。但县长却很恨他，因为他从不愿将中饱所得，给县长染指。他是省府保荐下来的，不能随便把他撤换，这更增加了县长的憎忌。所以小姐爱上他，是瞒住县长的。如果威吓她要把他们的秘密禀告给县长，那她一定什么事都愿屈从。

当他第二次跑进县长私室的时候，小姐还在原地方刺绣。

“你必得把我介绍！”他威吓说。

“为什么？我已讲明我不认识哪！”

“不论怎样……老实说……如果你不愿……那我就要把你们的事……”

“我们的事？”

“是的，我要将你们的秘密完全禀告给县长。”

“喔，这算是什么意思——”她骇着问：“你指的是我同谁呀？”

“你自己明白！”

用不到几句话，那小妮子的声调竟全变了。那双诡诈的小眼，很明显地露出畏缩的，哀恳的眼色。这一种突然的威吓，对她真是莫大的打击。女人究竟是软弱的，不论怎样的倔强，但总当不住一个棒喝。她怕自己的父亲，真个厉害。她唯恐他再大声说下去，连忙摇摇手，同时在一张白纸上颤抖抖的写下了盟誓："我答应——尽我的能力帮忙。"她说可以立刻替他写信问朋友去，如果她们中有人认识，那就容易想法了。

他这才高兴了，一溜烟跑回自己的寝室，把未完的公文誊清。他愉快地幻想出一切，仿佛未来的幸福，已有人替他代办。但一到傍晚，他就知道他们的谈话，全给太太偷听了。她不准小姐写信，他也被县长叫去着实地训斥了一顿。那严厉的官僚所特有的怪声，至今还在他的耳边浮沉：

"你得知道自己蠢，自己丑！而且这里是衙门，并不是情场。如果你要固执学浪漫，那请到外面去罢。……"

转眼又是初秋。天气渐渐的萧杀起来，寒伧的枯叶，已在秋雨中凋落。春雨虽也连绵，却是温和的，不像秋雨的愁凉。单法兰绒西装已不是时候了，他只得重新穿上那件自由呢的夹袍。他蛰居已经半月。森严的门卫，县长的警告，同事的闲话，雨具的不备，都是使他怕出外的原因。他整天愁望着公文，想来想去还是离不了递信的方法。时日的间隔，并不曾使这可怜的书记减少了一点热情。反而焦愁的，渺茫的期待，使他愈感到热情的炽旺。他想串通邮差，他也想假装看病，但这两个办法都不大妥当。比较平安的方法，他最后想到，还是要伺候县长的勤务工朱义帮忙。因为他是本城人，情形很熟悉；医生同雅君，他也一定认得。何况他又聪明，又伶俐，做这种事情，真是再好不过的。因此他疾忙写了信夹在一册登有自己文章的杂志内，连跑带跳的走进勤务工宿舍。把这样的事，去委托这一种人，他觉得有伤体面。但踌躇了一忽，终于推门进去了。

这时朱义正在虎咽着馄饨，看见他进去，连忙起来让了坐。

“何先生贵干?”

“跟你问件事。”

“什么事?”

“你知不知道陶大慈医生?”

“知道的。”

“他的女儿呢?”

“也认得。不过他有两个女儿，先生是指那一位?”

“陶雅君。”

“喔你有什么事呢?”

“自己没有什么事，我的朋友倒要烦你送一个包裹。”

“贵友认得陶姑娘吗?”

“稍稍——”

“那里面是些什么东西?”

“不过是册书罢了。”

“为什么不邮寄呢?”

那小滑头把眼睛一映，头一歪，表示他的怀疑。他并不回答，他知道要用什么东西才能堵住那小口，他从口袋里取出一个银币，并且低声说：“不过小意思。”果然，朱义一见亮晶晶的银币，就很神速的变出一付笑脸，用江南人特别内行的虚套，故意推让了一会，然后似乎义不容辞的放进腰包。

“须在一个人的时候交她。”他唯恐闹出笑话，所以特别吩咐了几遍。朱义虽不答，但看那笑容，显然已经会意了。

他幻想当朱义走进小巷时，雅君正站在门外看雨景。隔着蒙蒙的细滴，他仿佛看见那微黑的，健康的面色，在雨中发亮。他又似乎听到朱义细声说着话，把包裹呈上。她毫不迟疑的打开包裹，把附笺细细的念，念了后，他想，她一定要问写信人的模样。朱义一定会得告诉她，于是一个着西装的，时常在她门外徘徊的倭子，像幻影似的在她眼前浮现。倭子?是的，或许她会厌恶。但也不见得一定，因为有许多女人不爱高大。倭有什么关系呢?许多被爱的男子不是同他差不多高吗?他们并没有比他特别哪!或许他们比他更要倭，更要丑。而且照实说，长子有什么可爱?那粗大的躯体，喔，简直太近于巨人，太近于猩猩！中国女人并不比美国的，她们并不喜欢强，喜欢野，倒是特别爱好小巧玲珑的身材，而他却正是合乎这个条件。他是小巧的，合格的，可不是？所以……他想……她一定不会讨厌，或许竟会出他意料的马上吩咐朱义说："你先回去，我就写回信……"或者说："告诉他，礼拜六晚上到这里候我。"真的，上那里候她？而且是礼拜六晚上？那是老医生出诊的时间，……亏她想得这样周到，好一个幽会的老手……但这可不是幻想？幻想？……当然是，但事实上也许这样，或者竟是这样。……什么事都有例外，这例外就算落在他的身上罢。……

这些幻想正在他的脑子里直转，忽然听到剥啄的一声门响。

"进来。"

进来的不是别人，却正是朱义。他满身湿淋淋的，因为去的时候太匆忙，忘了带伞。

"喔，这一阵可辛苦你了，事情顺利吗？"

"第一次去不在，第二次去她正独个儿站在门外——"

"独个儿？朱义！你不谎我吗？"

"但是，她问我手里是什么东西——"

"你怎样回答？"

"我说是书。"

“对了，像这样回答才不算冒失。”

“但——”

“还有什么?”

“她问我是谁交我的，我说是我们的书记先生。”

“你把我的姓名说了吗?”

“是的，但她连哼也不哼声的跑进去了。”

“怎——么——”

“跑进去了。”

“就是这样完了吗?”

“还有什么办法呢?”

“你真蠢死了。你为什么不说是小姐教你送的呢?你不知道她们是同学吗——”

“但你并未说起呀!”

“一定要说起吗?”他捶着桌子说：“你果然蠢得厉害，一点也不能临机应变!”

他愤怒地叫着，一双拳头伸向空中，像要挽回已失的机会。他眼睛通红，面色苍灰，缺口很快的翕动着。因为太责斥过分，那勤务工也耐不住不回话了：“先生!我固然蠢，但你也不见聪明呢！实在讲，我是来当勤务工的，并不一定要把你拉皮条，当邮差。……”朱义愈说愈高声，面孔赤紫，似乎比他更愤怒。最后竟把银币愤愤地抛在地上，毫不容他分辩的出去了。

“去你的！我也乐得省下一块钱。”他在喉头苦笑着解嘲。

虽然一连失走了两个机会，但他并没有绝望——他还有能耐。因为雅君还不曾看见他的信，当然不能决定她能否爱自己。所以他再写了一张简单而又热情的条子，揣在怀里，预备亲自面交。

那是异常晴朗的一天。阳光同春天一样的照耀，温暖而且柔媚。天清得亮澈，倒处是种高爽的，轻飘飘的情调。他精神焕发，天气的重新温暖，着实给他勇气不少。尤其使他高兴的，是在这种天气里，他还可以勉强穿上那件单法兰绒的西装。

一到下午五点钟，他就装出散步的样子走上大街。在人群中拥挤了一回，然后缓缓地踱过那座小桥。一切都似乎生疏了，河边的杨柳，已经焦黄。永流不息的河水，也似乎带点秋意的黯然无光。那丛生青翠中的银桂，却香得正浓。他的蛰居，其实只不过一月多，但仿佛已经隔得很久。那天结婚时的情形，他很甜密地回想了起来。“这也算是婚礼吗？”那清脆的天真的疑问，他不知咀嚼了几遍。他感到时序虽已变迁，但一切情境，却宛如昨日，那有力的眼光，短的发，微黑的脸色，仿佛都同以前一样的，在炎夏的阳光中闪耀。他又看见那葱白色的夏衣，年青女子大笑时的光彩，还有那高傲的姿态。他不时回过头去，好像自己身后还站着雅君似的。

因为老医生门前蹲着许多谈天的汉子，所以他很匆忙地走过，在高阜上看了一回遍野的，正开着小白花的荞麦。那漫漫的，香喷喷的一片白，真惹人爱恋。他在那里简直看呆了，几乎忘掉时刻。从原路回来时，谈天的汉子已经散去。却有一顶披着白篷顶的轿子停在那里，两个黧黑的，强健的轿夫站在一旁伺候。“大约是老医生出诊罢?”他一想到这天正是星期六，而且是晚上，心头便觉一阵甜密的，希望的激动。他想前次的幻想，或许今天可以实现了。果然，不一会老医生出来，雅君跟在后面，手提着一大包药品。老医生上轿以后，她很仔细的放好药品，然后轻声说：“一路平安，爸爸!”老医生只点点头，轿就抬走了，雅君却还站在门槛上凝视。他抢前几步，想把口袋中的字条趁这时面交。但是杀风景，她一望见他那狼狈的，慌张的神气，就很轻蔑地啐了一声，磅的把门带上了。

他怔忡了一下，但是并不沮丧，因为她倒底还不曾看见他的字条——他还有希望。他自信他的热情是能打动她的心，而且把她软化的。

他焦灼地在小巷里徘徊，想听出门铃的声音。天晚得很快，不多时暮色就渐渐四合了。路灯吐露出幽光，晚霞已渐渐暗淡下去，以至于完全模糊。保安队里的号声，在昏沉中悲哀地凄厉地响动。饥火渐渐的上烧，他好像看见自己吃饭的桌上，同事们全在谈论着他，推测他在什么地方。他又仿佛听到那严厉的，官僚所特有的宏声，在耳边缭绕。他想如果这次再给县长知道了，那怎么了得。

他抖抖的依着墙，倾听着门铃的声音。终于梦一般地，他听到在一阵熟悉的，愉快的笑声中，大门拍的打开了。他望见雅君站在门槛上，带着神秘的，奇妙的微笑。

他不知怎样取出了字条，而且居然递给了她。他只觉得昏沉沉的，听到那忍心的姑娘，竟把那些愚蠢得很的话重覆地念了又念；一点也不动心，一点也不脸红。而且更使人难堪的，是她把声调拉得很长，很慢，很古怪。一句一停顿，简直像唱小调儿。仿佛那样做，她感到绝大的愉快。微黑的脸孔，在黯淡的电光下，略现苍白。那迷人的颜色，使他忆起那些消逝了的夏夜。她看看短札，又望望他。在那明眸的凝注下，他愈觉自己的渺小。他觉得自己的举动，简直是个大笑话。他于自馁自责之中，还含有不能遏抑的自羞。他像第一次发现在电光下闪亮的秃头，不干不净的旧绷布鞋，还有脏极了的裤子。他实在不能原谅自己的疏忽，多丢脸，这一种打扮！这活剧，那像一个堂堂男子的求爱。——直是令人生气，但又令人可笑的乞怜！“你得知道自己蠢，自己丑，……”这真是透人骨髓的批评。他整个——是的，他整个，不论是灵魂抑是肉体，除了可怜就没有别的。像他这样想爱上女子——那些花玉似的宝贝，岂不是稀罕！如果他能够恋爱，得，我们直要升天了。所以他站在雅君的身旁，（她竟高过他许多）直是活受罪，他的心，交混着恐怖和悔恨。他想趁她未开口，就悄悄的溜了开去，永远的溜了开去。他偷偷的抬了头，——同犯人似的，看了那冰冷的，不再是迷人的苍白，不禁打了一个冷战。他预感到一种迫近眉睫的羞辱，一种令人难堪的嘲弄。他多失悔自已的不量力！但他却还不动一动的站在那里，一线最后的希望还在牵挂着他。“且等着——”他想，“看她用什么方法安排我，驱遣我。或许她的心一荡，就来一个浪漫的奇迹？……”

这时她脸上的笑容渐渐展开，终于大声的笑了出来：

“你真的爱我不是?”

“真——但你可愿同样的……”

“愿。”

“愿意?”他颤声问，她那样回答，可不是令人难信?

“是的。但我可怜的侏儒——”她笑着直指何侃：“你得再投生一次!”

随着笑声，大门又砰的关上了。黑黯深浓的包裹住他，夜气很有点寒意。墙脚跟下，似乎有微弱的，蟋蟀的叫声，他恍惚地，仿佛从一个空虚掉入另一个空虚，接连着的只是一片无尽的迷惘。他觉得什么都已完了，剩下的只有一个朦胧却又分明的，嘲弄人的绰号。

梦醒的时候

——纪念胡维通伯父——

是沉寂的夏夜。如水的月光，泻上一座古色斑烂的旧屋。

这是一座不愉快的房子。幽寂，沉闷，长春藤封固了四壁。几个洞开着的窗户，仿佛都是张牙露嘴的深渊。松柏的黑影，在窗前鬼魅似的摇曳。

屋后就是广漠荒凉的田野，在夜影中喷出大麻和稻草的香气。附近有个蓊郁的森林，从它深处流出一泓迂回的溪水。

在最近溪流的一个小圆窗里，有隐约的灯光射出。靠窗的一只旧板床上，卧着一个面色苍白的老人。他静静的闭着眼睛。胸脯轻轻的鼓动，像在无声的呼吸。艰难而迟缓，喉管里不住的喘着痰沫。稀疏的胡子，垂在口的半边。有时他也翻动着白眼，眼泪迂缓地滴下双颊。在那含泪的苦笑中，显出苦闷，悲哀，而且表示已经完全绝望的神情。

床上没有蚊帐，也没有蚊香。全室充满着扑鼻的臭气，他的下身完全沐浴在黏滞的血脓中。一堆黑色的苍蝇，在血脓上盘旋，不时发出叹息般的鸣声。全个房间，蒸热得像个正在燃着松枝的壁炉。

这位垂危的病人，是个又和平又善良的老翁。他的心肠很好，可是他一生下地来就有一种孤僻的性情。他不喜欢多说话，以为多说话人都是不可理喻的痞子。滔滔不绝的说话，他以为只是虚伪，奸诈，欺骗和掩饰的表白。他整天的闲散着，不看书，也不做事。他最爱好的，就是静静地站在窗前，看乳色的白云在窗外软软的滑过。在那悠忽的浮云上面，他仿佛看透了全世界，全人类，全宇宙。他觉得什么都是暂存，一切都是偶然。眩人的美丽，不久就会变成呕人的丑恶；惊人的奇异，不久也会变成厌人的平凡。他觉得人生只是一个梦，一个谜。简单，虚幻，阴黯而且可厌！

他整天的幽闭着自己，就如柴霍甫所写的套中人皮理国。他禁止儿媳们养鸡，养鸭，以及一切有生命的动物。他喜欢蒙住被头默想，就是想到极平常的事情也会纵声的狂笑。听到自己古怪的笑声，也会觉得异常的厌恶。他一生很少知心的朋友，尤其是晚年，差不多同世人完全断绝了交缘。有时他也感到穷年累月幽闭在小房里的苦闷，渴念同自己隔得并不怎样遥远的另一个活的，生动的世界。但是他一转念到那些伪善的唠叨，勉强的微笑，强为敷衍的神情，他又不觉打了一个寒噤。

邻人远远的避开了他，在背地里把他当作一个谈笑的话柄。就是他自己的儿媳，也因为忍耐不住他的孤僻，忍耐不住家庭里沈闷的空气，把他恨得澈骨。觉得他不早死，是他们最大的不幸。

这种孤僻的脾气，在他被强迫着结婚的时候，曾经稍稍的改了一点。在那个时期中，他曾过了一些比较生动的生活。但是不久，他又突然的爱上了孤独。他觉得空虚，落寞，仿佛骤然失去了一件真实。厌弃妻，厌弃还在母亲怀抱里的儿子，甚至也极端的厌弃自己。所以妻死了，他也并不觉得怎样伤心。少了一个时常要在自己身边纠缠不休的妇人，反而使他感到释了重负似的愉快。他自己也不了解：自己的性情怎么竟会变成这样的冷淡。他只觉得对于无论什么都存敌意。一种空泛的憎恶，终天阴影似的横梗在他的心头。

他整天的耽溺在幻想中，丑恶的现实使他寒心。

他就是这样孤立无助的一个人，他不了解什么是幸福。他虽然不时的梦见灿烂的阳光，可是他醒来所见却只是一片灰色寒冷的天。他一想起“人”，想起人们所艳羡的“幸福”，就觉得异常的懊恼。

他虽然这样的恼恨幸福，不相信人们真的会得到幸福。但是在他十五岁的时候，却有一个很愉快的时期。

在那个时候，他的春机正如花草一样的勃发，他的血管里流动着青春的热血。他那未老先枯的灵魂，重新苏醒了过来。极强烈地，他需要一种同过去完全相反的生活，——一种美好，适意，热情的生活。虽然他的性情非常孤僻，可是这种极强烈的冲动竟把它克服了。他不顾一切地，热情地爱着一个邻家的少女。她的名字叫做芳春，同他自幼就很习熟。不过发现出她的美貌，而且狂热地爱上了她，却还是在他十五岁的时候。

他爱她的热烈，真已到了白热的程度。一个最孤独的人，但同时却又是最富于热情的。他也是这样，他是狂热得几乎疯了。

夕阳畹畹的晚上，是他们最欢乐的时候。他们总是互相搂抱着，在碧绿的草地上皮球似的打滚。草地沿溪伸展出去，像个颀长的土股。在它上面，满是新割的香气逼人的草堆。碧色的嫩草，衬着在它旁边流泻着金波的溪水。晚风吹过荒寂的田野，吹动了溪岸上的竹林。在竹林深处，每当朦胧的夜色掩上这溪柔波的黄昏，我们就可以听到戏谑的，唧唧的，情人们狎昵的声音。因为草地是这样的可爱，所以他们的兴趣就分外的浓厚。

她是活泼而又骄傲。生气的时候，总是在他头上销气的。他不但不觉得气恼，反而觉得异常的痛快。他爱她的嫩掌，她的娇嗔，她的怒叱。他觉得在她含怒的时候，才是最美丽最动人的一瞬。那双发光的眼睛，他比作一座热情的熔炉。一阵暴雨似的嫩掌落上他的双颊时，他只觉得似痒非痒地，快乐得不知应该如何表示由衷的感谢。有时他竟忘形地流下泪来，搂着她的软腰，挟着她的膀子，疯狂地乱跳乱舞。一面跳，一面断断续续的唱道：

“美人的心，甜密而且温驯。”

他搂得愈紧，她也就更温驯地躺在他的怀里。一双灿烂的眼儿，温柔地望着他的前额。修长的美发，在黄金色的夕阳中随风飘拂。

“你真的爱我吗?”他好像不放心似的，畏怯的问。

“……”她只刁黠的望着他，故意不答。

“我说，我心爱的！你实在有点爱我吗?”他重覆着问，焦急得摇着她的膀子。

“我不晓得，我不晓得！”她娇喘着，装出发怒的样子：“爱与不爱，你自己应该知道！”

他温和地，不胜怜爱似的抚摩着她的长发。他恨自己太蠢，不善在女人的面前表示出在内心燃烧着的热情。他觉得自己的性情，是不能博得女人的欢心。因此他说，他笑，极力想表示出他也同其他青年一样的热情于生活，热情于恋爱。在这时候，他才觉得生命是幸福的，青春是可感谢的。他似乎看到一线愉快的，热情的，生命的微光，在发光的草地上，在深邃悠远的空中，到处的闪耀。

于是他又热情的唱着：

“美人的心，软弱而且多情。”

但是天下的事，都是暂时的，短促的，一切都是偶尔昙花的一现。爱的欢悦，在生命的波涛中只是一朵渺小的浪花。他们欢乐的过了几个月，他们的结局就来了。

就是那年六月的初头，他一连好几天不见芳春。他疑心她是病了，或者不幸遭了什么变故，一到晚上，他就照例的跑到草地上去，但是一直坐到天黑，也还不见她的踪迹。夕阳还是同样的美丽，草地还是同样的发光，可是他总觉得缺少了一样东西，空虚而又孤寂。他曾几次跑到芳春家里，可是那扇黑漆台门，总是整天的闭着不开。他愤恨地看着那座巍巍欲颤的石墙，踱来踱去的徘徊了好久，终于只得怅然的离开。

“请问，隔壁的芳春姑娘搬到那里去了？”有天早晨，他终于忍耐不住了，恨恨地问他母亲。

“搬到古鹤镇去了。”母亲淡然的回答，好像毫不留意儿子的忧愤，仍在继续地做着针线。

母亲不以为意的态度很使他生气。他怨恨母亲，咀咒母亲，好像她是迫走芳春的罪魁。他很伤心的流下了眼泪，觉得就是天下最慈爱的母亲也不能了解他的苦闷。他觉得女人的外貌虽是很美，可是她们的心却是任性而又残忍。不然，为什么芳春走的时候不来向他告别呢？

“美人的心，任性而又残忍。”

一到夕阳畹畹的晚上，他还是照例的跑到草地上去，凄望着飘过头上的浮云，吐露出哀艳顽感的歌声。

从此，欢笑又在他的脸上消失了。阴郁的幻影压扁了他的灵魂，凝住了他的热情。他觉得一生中最快乐的时候，再也不会有了。他痛恨女人的心竟是这样的虚伪，抛弃了一个男子竟像抛弃了一块烂牛肉。他了解天下的事情，都是因为互相欺骗，互相蒙敝，才有种种的花样。人生本是一个把戏，人们如果不带着假面是做不出好戏来的。他想到了这层，就会含着眼泪，很古怪的笑着。

从此，他就开始厌弃着自己，厌弃着母亲，厌弃着弟妹，厌弃着一切伪善的人们。

现在他正害着可怕的痢疾，整天在黏滞的血脓中辗转。他安静地躺着，不呼唤，也不呻吟。他知道就是呼唤也不会有人答应，就是呻吟也不会有人怜恤。人们都希望他早死，尤其是他自己的儿媳。好像他一死了，家里就会少了一个暴君，世上就会少了一个累赘。他昏迷地裹着一条被单，口干得要命。满房的臭气，满房的蝇声。蒸热的夜气里，仿佛乱舞着死神的幻影。他幻想着死是一个阴沉的，郁闷的，大而无底的深渊。人们一落下这个深渊，便是什么都完了。

他觉得死是神秘，晦暗，不可捉摸的空洞，不可测计的无限。他觉得死是平安的，幸福的，并不如人们所想像的那样可怕。他觉得在死的净土上，才有永恒的，不变的世界。没有忧患，没有纷扰，也没有痛苦，有的只是绵绵无极的死的展开，生的消灭。

“我已睡了一世，

但是我还想睡，

现在正是永眠的时候了。”

他举起枯手，在床板上面很命的敲着。听到咯吱咯吱的板响，好像同“生”肉搏得疲倦了，最后逃回死的安乐窝里一样的快乐。他喘着气，不自然的笑着。他仿佛看见自己真的已经死了，被葬在一条小溪的旁边。但是睁开眼睛一看，只见一个阴沈却无雨意的天，上面驰骋成群的白云。于是他像孩子似的哭了，因为他感到失望，觉得连死也是虚幻。

他是多么热情的憧憬着死，期待着死！

但是人的心，毕竟是不可解的哑谜。思想，感情，毕竟都同天上的霞，海里的波，虚幻，缥渺，变化得不可捉摸。就同这位病人，他一面感觉到死是愉快，生是可厌；可是在他生活世上的最后几天，却又剧烈地渴望着生。他回想到寂寞的儿时，暂短的青春，以及夭折了的爱妻，不自禁的流下了眼泪。一到夕阳晼晚的晚上，他就朦胧地记起芳春。他追悔着，不曾把那个暂短的青春拉住。他仿佛看见一个土股似的草地，溪水在它的旁边闪耀着万顷晶波。夏的黄昏，睡眼朦胧地，虚掩着荒寂的田野。从竹林深处，不时传来动人情思的低语。鲜艳，娇丽，一切都是显得异常的神秘。这时他们并肩坐在草堆上面，互相搂抱着，谁也不愿说话。不过有时他们也偶尔谈到结婚，谈到新家庭的布置，谈到小孩子，甚至谈到小孩子的养育费。于是，他们就互相的靠在一起，唇与唇接，颈与颈摩，就在这样忘我的境界里，他们隐约地看到了微妙的生活。于是他又仿佛看到了她的卷发，她的朱唇；那双浪漫的眼睛望着蔚蓝的苍穹，同一个已经出嫁过的妇人似的低头沈思。……

他想到过去的一切，燃烧着想活的念头。他觉得自己孤独了一生，仿佛只是做完了一场噩梦。他真觉得惊异，一个有生命的动物，怎么能够那样沉闷的，阴黯的生活下去。他咀咒着虚伪的人们，但他却更深刻的厌恶着自己，厌恶着自己过来的死一样的生活。他觉得自己差不多没有活过的一样，就是这样平凡的死去无论如何是不甘心的。他想像死时的情形，一个能说能笑的人会突然的变成无灵知的尸身。他颤抖着，痉挛着，一双消瘦的枯手，在空中不住的乱舞，像在抗拒着就要临头的命运。他仿佛看见死神的银戟，又好像听见了一种异样的翅膀声。他知道自己的生命快要完结，以后不能再见任何事物，再听任何声音了。仿佛他还是第一次看见这样美丽的夜，第一次听见这样动听的蛙声。他一闭上眼睛，就会看见一具油漆过的黑棺，赫然放在他的面前。

但是他伸出手去扪摸，却只触着冰冷的墙壁。他挣扎着，呼喊着，无论怎样总是摆脱不开黑棺的幻像。他的全身都出着冷汗，头是胀得昏昏的，疼痛得差不多麻痹了。他知道自己的运命已经很短，很促；知道人类无论怎样逃避不了最后的结局，最后的审判。在未死以前，他很想有机会再看一看那个美丽的草地，那条在夕阳下闪耀着金波的小溪。于是他用双手攀住床架，想竖起身来。但是刚好坐直，他又像一段朽木似的，依旧颓然地倒在枕上了。

“我还想活，我还想活！我为什么要死？人是不能再死第二次的啊！……”

他哭泣着，双手雷似的击着床板。他的眼睛睁得很大，面孔胀红得像只煮熟的螃蟹。他的精神似乎异常兴奋，苍白的眉目间似乎有道带光的阴影，——这是人类最后的返照。

……

这样的挣扎了几天，老人的灵魂终于在黏滞的血脓中超升了。

那是一个晴快的早晨，雨后的阳光分外温柔地，轻轻地抚摩着万汇。碧空和大地之间，笼罩着一层金色的，半透明的薄纱。晨风在窗棂上周旋，大声的打着哈哈。田稻喷吐着从未有过的香气，溪面上似乎浮动着一层新的生命，新的波动。

就在这样美好的，欢快的晨光中，我们这位孤独了一生的老人，终竟在最后的挣扎中永远隔绝了人世。在他快要断气的时候，他的儿媳们正在隔壁无声地用饭。

他们忽然听到一阵微弱的哀求，一阵疾喘的声音。愈来愈软弱，最后却是一声阴沈的叹息。那种抑郁到了极点的叹息，是表示人类达到了最后目的底一个符号。

“芳春，芳春，唉，芳春！……”

他们听到病人最后的呼唤。

第三天早晨，依然是晴朗的天色，一碧的长空。雀声虽然有点喧噪，但是睡眼朦胧的大地，却依然在银灰色的薄雾中显出永恒的静谧，永恒的沈寂。一切都很愉快，轻爽，而且焕发。显然的，死了一个无足重轻的老人，在这谲幻多变的宇宙中，只如干枯了一滴流泉，陨落了一颗星星，平凡而且渺小。

大约八点钟光景，一行葬列正在凹突不平的村道上移动。棺材远远的落在后面，送殡的人们排成一条白练。每经过一个村落，女人们就同某种责任临头似的，勉强挤出了一点眼泪，娇声娇气的，唱歌似的哭着。好像是个教堂里面的唱诗班，她们都把哭声拉得很悠长很响亮：抑扬顿挫，似乎还有节奏。

没有真的伤感，也没有真的哀痛，大家只是微微的感到一层淡漠的重压，一阵空虚的疲倦。

没有多时，葬列就停在一座山的半腰，墓地并不怎样舒畅，四面都是苍劲蓊郁的古松。松涛发出可怕的巨吼，远远可以听到泉滴的清响。

满山的荒冢，满冢的野藤。在野藤中，我们可以看到许多凌乱的，被湮殁已久了的墓碑。在那笨重的石块下面，卧着久已被人遗忘了的人们。

棺材寂然无声的停下，人们都在静穆的向着墓穴致哀。道士在墓前焚化了纸钱，摇动了铁铃，唱出低沉粗浊的祷歌。他们只管很吃力很勉强的唱着，但是那种嘶哑的不自然的声音，并不能使人感到一点严肃，一点悲哀。女人们都偷偷地换上了平常穿的衣服，站在一旁等待假哭的机会。

棺材将要放进墓穴的时候，忽然一个白发如银的老妇人，从妇人的队伍中跑了出来，伏在棺盖上面号啕大哭。她的哭声好像一只乌鸦的哀啼，空谷的回响呜呜的穿过坟地。她的身上发出一阵下等肥皂似的臭气，使得送殡的人们很想呕吐。她的头发已经落了大半，眼睛迟钝的钉住墓穴。一双眼睛红肿得不成样子，枯手疼疼的敲着棺盖，神情非常可怜而好笑。

这就是芳春，就是老人年轻时候曾经疯狂地恋爱过的那位姑娘。如果人们曾经见过那时候的她，再也不会相信这样愚蠢可怜的老太婆曾经有过那么美貌的一个时期。

她像回想到他们的往事，痛心他们已经永远失去了的青春。她知道自己的寿命也是不久了，死是谁都不能免的运命。她奇妙地恐怖着，仿佛满山都是死的颜色，死的声音。一个冰冷的感觉，总是魂魄似的附在她的身上。她似乎看见田，看见水，看见草地，看见老人的胡子，在惨淡的白雾中鬼形似的飘动。她又好像听见老人在呼唤她，她的身体像飞蛾似的，在死的微光中无力的挣扎。

她的眼泪不住的落下，哭声像阵冰块似的冻住了人们的心。不安的空气弥漫着全山。

许多妇人，都纷纷的走来劝她。但是她像决了心似的，死也不肯离开棺材一步。

“一切都已太迟，就是哭也无用。”空虚的坟墓里面，好像有个绝望的声音。

老太婆好像哭得倦了，怏怏的走下山去。于是，黑色的泥土终于掩盖了棺材。

从此山的半腰，就凭空添出了一翼新坟。孤独一世的老人，从此再也不会听到那些假意的安慰，那些用钱买来的经咒，那些娇声娇气的哭声了。

从此他就永远隔绝了伪善的世界，伪善的人们。从此，健忘的人们再也不会提起他的消息了。

一座荒寂的山上，空留下风的吹挠，树的悲啸。他的墓前，过了不知几年几月，还是没有一个人的踪迹。

但是一个阴郁的午后，墓前忽然来了一个憔悴异常的青年。这时天正疲惫地洒着秋雨，空气潮润而且闷人。松涛依然狂吼得异常可怕，白雪依然在蓊郁的松叶上面，软软地，无声地滑过。一切都是依旧，唯有老人的墓上已经长满了野藤。

青年默默地跑到墓前，静默地划过十字，然后从怀中取出一个铁锥，在墓碑上面刻上了几行大字：

“人生只是一个梦，一个谜，梦醒谜解的时候，却已万事休了。……”

梨

——一个妇人的自述——

一

……我儿时的一个深秋，梨已熟透了。

那时我们家里的梨树真多。一行一行的，交荫在纵横参错的阡陌上，是那样的繁茂。我最忘不了黄昏时候，那些梨树就像忧郁的，惨淡的葬列，衬着渐渐黯淡下去，渐渐模糊下去的阳光，浓碧的梨叶变成苍黑。累累下垂的浆果，肥而又圆，在和风中不胜厌倦地摇曳。人们只要一看到，就会想及那鲜甜，那清凉，那滋润的香味，而不自禁的垂下涎来。

我们家里正兴旺。母亲还健在，哥哥还没有现在一样的堕落，嫂嫂也还是一个年轻美貌的妇人。我自己只有十多岁。聪明，漂亮，性情又倔强。那种荒唐浪漫的程度，直同一个最难驯制的男孩。母亲绝不管束我，她不愿心爱的女儿有什么拘束。家里人也都不敢惹我，事事都听我自便。你一声妹妹，他一声妹妹，极力奉承我，纵容我，把我娇养得惯了。

我那时确是幸福。但那不是狂热的，同现在都市姑娘所享受的一样；却是清翠，明媚，天真而且纯洁。

同我分享幸福的，是姑母的儿子，也就是我现在的丈夫。他是个温柔，美貌，而又勇迈的少年。他的外表和性情，都是同样的使我心醉。梨一熟，他就同姑母来了。他来的时候，很斯文，很儒雅，坐在他母亲身旁，像一个贵客。不说话，也不吃梨，仿佛很庄严自重。母亲是个欢喜孩子的，爽性而又温和的妇人。她看见孩子呆坐在那里，就大声的喊：

——呆在那里做什么？木头！动动手，动动脚，检那顶大顶好的吃罢！

但那孩子看看成堆的梨，在屋隅闪光，摇摇头表示不要。他知道野外的梨，要比家里现成的新鲜得多，有滋味得多。何况同我分吃的甜蜜，非在树下不能尝到呢？

到了傍晚，姑母回去了，表哥却留在我的家里。

姑母一出门，表哥马上活动起来。扮鬼脸，学猪叫，故意躲在我的背后。当母亲查问他上那里去了的时候，他从我的背后突然站起，使母亲吓了一跳，过了半天，她才咀咒出声来：

——娘在这里像木头，娘一走，却又像活鬼了。

听到这柔声的咀咒，他只是抿着嘴笑，那梨颊上的微涡多情地向我展开。

二

我们踏着黄昏的阴影，臂挽臂的横过田野，走进漆黑阴森的梨圃。广漠的平原，很安静的躺在天涯，微飔吹静了孩子们的心。一阵朦胧的芬芳，很难辨别出是林木的呼吸，抑是夜气的蒸腾。一切都显得如此神秘，如此不可理解。我们睡上稻草披顶的小摇篮，默无一言的对着星空，幻梦飘过我们的心头。有人在隔圃吹啸，声音原是活泼的，愉快的；但经过薄雾的迂回，竟变成凄戚而且滞缓。浮在远空中的群峦，好像渐渐的逼近，而且崩溃了似的压上垄亩。另外有种断续的，不分明的幽声，似乎起在林间，又似乎来自远隔圃外的溪涧。看见一阵微颤在我身上掠过的时候，表哥拍拍胸膛说：

——你可怕？有我在这里呢。

他说话很自信，似乎真的什么都不怕，我也就信赖他的大胆了。但是听到夜鸟啄梨的声音，我还免不了躲避在他的腋下，像一个孩子。乘这机会，那有力的臂膀，就把我捉住，而且不让我透气地狂吻着我的嘴唇。

——点上灯笼罢。

大约他也耐不住黑黯的威胁，催促我点上灯笼。于是我就听从了他的话，像一切女子服从男人的吩咐一样，蹑手蹑脚的擦燃了火柴。于是一盏荧光似的灯，就在沉夜的万丈黑渊中幽明。

我们把灯笼斜挂在枝间。一弧灰白的光晕，在黑渊中划出了光明。在灯光的澈照中，那卵形的树叶，显得异常奇玫。表哥能够轻猿似的升上树顶，那轻盈，那敏捷，我如今想到还会动心。他骑在较粗的树枝上，先向我微微一笑，然后拱一拱手，说一声“请了。”于是肥硕可爱的浆果，就一连掉下了五个。

“五子登科。”他高声喊，声音是那样的清朗，那样的柔脆。树叶因为身体的重压，起了一阵轻微的颤抖，发出含糊的，萧萧的声音。他看见梨子都已落入了我的怀抱，于是就活灵活跳的溜下树来，用不及回避的迅速，把我抱住，轻轻的亲着我说：

——你可愿意我们的儿子，——不，你的儿子中状元？

他用热烈的眼睛看我，乌溜溜的神气十足，似乎很严重似的待我回答。我不立刻声张，故意使他急一急，只轻轻地往树丛的黑影中移。在这时候，夜色鲜浓的水凉空气里，没有月光却有飞渡河汉的星星。他说“我们”又疾忙改口为“你”的用意，羞得我两颊绯红。

——我不懂，……不懂状元是什么？

——你真蠢！怎么连那时常看到的戏子都不认得？

他笑着逼上一步，又温柔的亲我一下。我却楞起大眼，装作愈弄愈糊涂了的光景：

——可是小花脸？

——不，你弄错了。状元都是带纱帽，穿朝服的公子，怎么会像小花脸那样的轻佻？

他为了解释的便利，离开我，在树影下一摇一摆的弄起玄虚。那似真非真的样子，使我快乐得发抖。

这样的闹了许久，我们又上床睡了。睡以前，我们照例要吃几个梨，不然就会睡不安。他老是检那最好的给我。我并不推却，却在细心地去了皮以后，突然塞入他的口里，他也不拒绝，但在吃了一半后，却又突然的塞还。这样一推一送，一来一往，使我浑忘了黑夜，浑忘了星光，浑忘了林外河水的低咽。……

夜半的时候，月光朗照。我们齁睡在小稻铺上，但有时却给防贼的击柝声惊醒了。我们恼恨那种声音，虽然在柔媚的秋夜，并不同白天里一样的噪耳。于是我们吃了几个梨，仿佛这厌烦的感觉立刻冰消了的一样，我们又安然地入睡。

三

表哥如胶似的恋住我。他爱我真是热烈的，近于成人的疯狂。那多情的恋爱，使我的幸福更加上一层浓艳的色彩。

有一个秋夜，雨有时缠绵地轻洒，有时却又狂暴地滂沱，从窗口外望，可以看见一片阴惨的，悲凉的黑黯。

在那寒冷的浩荡中，只有一条灰白色的古道，从附近的一个高丘上蜿蜒而下。支离破碎的村舍中，射出耀目的寒光，屈折在混浊的水洼里。

我因为脚踵上生了一个疮，睡在床上已经好几天了。这几天母亲阿嫂们都在野外拾梨，无暇顾及我的孤寂。只有他，整日夜的陪伴我；一双有神的瞳子，似乎不会厌倦的向我凝视。他庄严地坐在一只榻上，面上毫不露笑容，除了我向他有所询问的时候。他有时伸过手来，摸摸我的前额问：

——你可觉得痛?

——不，一点也不觉得。

就是真的痛，我也不愿意使他知道。但他总是过不了一刻，又担心的问：

——你怕会睡厌了罢?

——不，我觉得舒服，仿佛睡在梨树下的稻草铺上。

我提及梨树下的稻草铺，他似乎想及那所有的甜蜜，微微一笑。

——那么你想吃梨吗?

——拿几只来也好。

于是他出去了。

我以为他是到隔壁去的，因为那里放着许多刚摘回来的鲜梨。但是一刻过去了，又是一刻，他还不见回来。我喊，也没有回应。他一定冒着那样大的风雨，冲向黑夜里去了。我想起他或许会滑倒在泥泞中，或许会跌伤在梨树下，也或许更坏，喔，我怎敢想像，如果落入那条水流湍急的小河中？……

我等着，倾听四周的声响，不觉毛发悚然。

他终于回来了。手里抱着一满筐肥梨，面色微带点苍白。

——啊，你真多费力！

——为什么？

——隔壁不是有现成的鲜梨吗？

——但总不及我刚刚带回来的鲜美。

我咽下哭声，默然地看他把一筐梨统都摆在我的床前。他不顾遍身的淋漓，小心翼翼地刨去梨皮，再切成细片，用手巾托到我的嘴边。看见那沾满泥浆的衣服，浸饱了污水的鞋，我心的深处突然感到了一阵隐痛。

四

十六岁那年，我同表哥定了亲。只隔得上两年，我们便结婚了。嗣后每逢梨熟的时候，我们还是孩子一样的回到我母亲家里，在那稻草铺上过了几个秋夜。我们的兴趣虽已渐渐的减弱，但还不十分稀薄。有时偶尔想起“五子登科”一句话，我还免不了赧颜。

生活愉快而且安静的展延下去。姑母的脾气很好，温厚而且慈爱，什么事都让我们自己作主。整整两年，婆媳间总是氤氲着一团和气。这和平安宁的家庭生活，使我对于丈夫的恩爱，愈过愈浓了。

但在第三年初夏，在姑母的丧事料理妥当了以后，丈夫因为在杭州做事，我们不得不离开家乡。在动身的前一天，我赶回母家，在她老人家的面前整整坐了一个上午。她的面容惨白，一双模糊的老眼，显然是汪满了泪水的。她吩咐我路上小心，寒热都靠自己留意。听了那些叮咛小孩子的话，如果在平时，我一定窃笑，但在那天却只能饮泣。我不知怎样感谢，怎样安慰，我只觉得那一颗心的力量。

薄暮，我同母亲去看了梨圃。那时是初夏，梨花已经盛开了。一片锦绣似的白色，衬在那一带深绿的背景上，闪闪发亮。

——你这一去，不知什么时候才能回来，难道梨熟了再走也不成吗？

母亲手指着梨花，向空中画了圆而又肥的梨形，眼圈又红了。

我原想回答一句随便什么话，但努力了半天，却只紧紧的握一握她的瘦手，要她马上回家。在归途中，我们看见阿嫂抱着刚满周岁的孩子，依在篱旁向我们遥望。那孩子是肥胖可爱的，他有一头很润的黑发。当我们走近篱边，他跳起来欢迎老祖母。阿嫂拍拍他的肩膀说：

——叫一声姑姑，从杭州回来的时候，她会买糕饼给你吃呢。

但那孩子只是憨笑，拍着小手。我亲了亲那天真的前额，几乎伤感得落下眼泪。

五

从此，母亲每年总在一定的时间寄梨给我们。带梨来的人，总是随身带一张字迹模糊的便笺。纸是同样的颜色，同样的花纹，写的也差不多是同样的几句话。显然她只有一个心，——一个带泪的，慈爱和怜悯交混成的心；她所需要告诉女儿的，也只是同样的，永恒的思念。

——我的儿，你又尝到家乡的土味了。伴这土味同来的，是你母亲的思念。你尝到那甜蜜时，大约也能念到寄梨人的悲苦。老境是凄凉的。但在我的残年中，却于凄凉外，还加上一层期待的焦灼。你难道不能回来看我一次？唉，只要一次！……

虽然字句上略有更动，但内含的意思，却是同样缠绵的相思。看了短简，我们不知有过了多少惆怅，多少叹息。有几次，我真恨不得立刻抓起随身带的衣服就走。母亲的声音笑貌，在我们夫妇俩的心头同成痛苦的重压。但结果，为了生活的束缚，我们总是勉强抑住了悲哀，由我写了一封婉辞慰藉的长信去。想到信到了母亲那边，以及她展阅时的失望，殊令我心碎。

去年寄梨来的时间，比前年稍迟了几天。梨也比较坏，我竟一连发现了几个给鸟啄空的烂果。母亲检梨最仔细，最内行，断不会让所有的梨中，有一个小孔，一点缺陷。她装梨的方法也很考究，——老是那样匀适，那样整齐。但是去年的情形却变了，梨是杂乱地堆在筐里，上面也不盖一点草。至于便笺上的句子，简直和以前全然无异，仿佛是谁给妈直抄下来的一样。字迹确也不同，虽则骤然看去，容易给它所朦混。对于这一些好像很微的变象，我们都感到了一点惊异。我们疑心妈生病，或者同哥呕了气，人生最阴黯的方面，我们却绝没有想到。就是那些小疑虑，也经带梨人的一番解说，渐渐淡下了。

六

今年秋天，我们才达到了回家的愿望。那天有小雨，到江干的一条路上，特别泥泞。车辗过低洼，水简直溅到坐客身上。天灰茫地，钱塘江浸在阴雾中，远景非常凄凉。濒江一带房屋，在这淫雨天气里，似乎古老了许多。山影模糊，小轮的烟影，渐渐浓聚，又渐渐消散。我们重覆地谈着家乡杂话，尤其时常谈到梨，因为那时正是梨熟的时候了。

第二天黄昏，我们才到了家。看见半露在梨圃背后的老屋时，我们真的忍不住下泪。

——你想丈母在家，还是在梨圃里？

丈夫很激动的问我，但我不回答。心境很凌乱，我不晓得他究竟问我什么事。一近家门，仿佛什么事都变了色相，变了声音。连丈夫的说话，也似乎变成更亲切，更温柔。

转过了几条小径，我们停落在一座古屋前——那就是我们的旧巢。门虚掩着，但我们不想立刻进去，要先看一看它的外形有无改变。这迟疑，就如一对渴想晤面的老友，却为了兴趣与好奇，故意延长见面前的时间一样。房子的四周还是依旧，那清翠的修竹，那蜿蜒的古道，还是同以前完全一样。但是推开门一看却教我们惊住了。我们只觉得一阵昏黑，一股阴森。冷风吹进了墙壁，尘埃遮掩了天花板的颜色。桌椅孤寂地散乱各处，挂在壁上的铁锄，也已上了锈。黑洞洞的牛栏里，嗅不到一点牛粪气，大约早已空着了。在深沉的静寂中，隐约地可以听到一声声的猪嗥。

——妈！

我低声喊。我的心跳动得厉害，预期着一声热烈的欢迎，一个热情的拥抱。但是我的声音，在萧条的空中消失了，还听不到一点回响。

——妈！

我比较高声喊，心里有点奇异。丈夫插嘴说：

——我想她一定在梨圃里。

我点头。但想她或许在楼上睡熟了，于是再有力的喊一声：

——妈！

大约这次喊得格外重，我听见楼上嫂嫂的应声了：

——是谁呀？

——是我呢，嫂嫂！

——哦，是姑娘吗？我真料不到是你！

于是，我听到一阵楼上的骚动。经过一阵急促的，楼梯上的脚步声后，我才看到一张憔悴的脸孔，出现在近门的一线微光里，那脸孔渐渐的逼近，几乎使我吃了一惊。听了她那老是凄然若泣的声音，握了那双消瘦了的手，我才敢信任自己的眼睛。

——嫂，你像瘦了呢。

——是的……，姑娘！从你们走后，我就陷入地狱了。你刚才不是喊妈吗？

——她在梨圃里吗？

——哦，姑娘！我该怎样告诉你，妈已经死了。

——死了？什么时候？

——去年梨熟的时候。

——寄梨给我们以前？

——是的，一个大雨的夜半——

——但你竟不给我们晓得……

——那是妈自己的意思。她平时虽很思念你；但她临终时，却极力要我暂时瞒住你们。她怕你们冒着那样的大风雨，星夜赶回来送终。这样迢远的路途，她不忍你们跋涉。

她竟哽咽起来了，妈爱她不下于爱我，所以她的伤痛也不下于我的深沉。命运的变化，是这样不测；去年寄梨时的疑虑，竟倍加惨酷地证实了。我不再说话，一个人处在这种境地，还能说什么。我想起母亲临终前的苦心，我的手足感到了一阵冰冷，一阵剧痛。她平日是那样的想我回家；但在大去以前，竟为了不忍我的跋涉，牺牲了渴望已久的，母女的最后一见。……

——表弟那里去了呢？

丈夫想把静默的空气打破，所以凭空地问了一句。他以为这样把话头一转，或许会把这种可怕的，苦痛的窒闷松弛一下。但是已经哽咽了的阿嫂，听了这句揭开隐痛的话，却突然的放声大哭起来：

——再不要讲，再不要讲，姑丈！他催死了母亲，陷我们于穷困，毫无心肝的叫我们落难了。他典当了一切，变卖了一切，连那些梨树也在内。大约他又吃酒去了，每天总是醉醺醺的，酒醒了就去赌博。……

她伏在桌上，肩膀抽搐着，愈哭愈哀。一顶破了的毡帽，落在地上。经了我们的苦劝，她放低了声音。但那强抑制住的啜泣，更使我心痛。“连那些梨树也在内，”这句话在我的心上特别响亮，特别锋利。

七

已经七点多钟了，阿嫂才想起了我们的肚饿。于是她就上楼去，翻箱倒柜的大事搜寻。钥匙碰在铜锁上的响声，很刺耳。过了许久，我们才看见她的手里端着一束晒面。这是我们家乡的土产，是面的一种，但是滋味远不如普通面馆里所用的鲜美。因为便宜，而且很容易储存，所以农家多用以飨客。我们都不欢喜吃，这是嫂嫂所熟稔的，但这夜她却用来当我们的晚餐。这当然不是她一时的胡涂，一时的昏乱。我们勉强吃了这种年轻时候从未过口的，寒酸的点心，尝到了一种辛酸的苦味。我走进积满灰尘的厨房，帮嫂嫂收拾了碗碟。那里有阵霉烂的气味几乎把我打倒。炉灶全坏了，从前那种整洁的光辉，已给久积的尘污所掩。那黝黑的，穷困的碗橱，门都大开着，很饕餮似的向着黑处。在那冰冷的锅盖上，很难想像曾有白米饭的香气从那里透出；那交织着蜘蛛网的小灶里，好像从不曾有过炽狂的火焰。……

我们睡在厨房隔壁的中堂里。这中堂，从前是那样的热闹。我仿佛看见那些闪亮光的梨，那整天缭绕着香火的神坛，那孩子的歌，那母亲的笑。“检那顶大顶好的吃罢。”我仿佛听到了这句话，而且一直在我的耳鼓里响动。

夜半的时候，我听到一阵开门关门的声音。跟着一阵咳嗽声，呓语声，还有一种沉重的，杂乱而又不稳的步声。凳桌都给撞倒了。在一阵静寂以后，我看见火柴在黑黯中擦亮。一个瘦长的男子，在微光中踉跄的蹈上扶梯。

——哥哥回来了。

我轻声对丈夫说，他只答了一个“唔。”

我们重新静默了。而且像害怕黑黯似的躲在被窠里，听楼上有什么响动。

——爸爸！

——什么？

——梨买来了吗？

——梨？

——是的，爸爸！你早上不是答应过的吗？

——你真想得出奇，孩子！你知道我们还有几天饭吃？

——但是你答应过。……

——不要说空口答应，就是你爸爸画上了花押，他也不能凭空变出梨来呀。

——就是你变不出，偷也要去偷来的，早上为什么要那样口空呢？

嫂嫂插了一句嘴，声音是粗哑的。

——不要你多嘴！

她果然不响了。在平时，我想她断然不会如此示弱。

她所以吞声，是为了怕惊扰我们。但那孩子却啼哭起来。开始是低微的，幽抑的；后来却逐渐的增高，逐渐的宏亮。那尖声重浊的，暗哑的流布开来，使人不忍卒听。

——你起来，我推推丈夫：——去买几个梨来罢。这时候，大约梨圃里还有人未睡，你还记得那扇后门吗？

——记得的。

——你知道最近的梨圃吗？

——知道的。

于是丈夫冒在冷的风，冷的雨中。过一会他就回来了。那沾满了一身泥水的情景，仿佛我以前说起过的那个秋夜。但那时他是为了我，现在却是为了我的侄儿。时日的悬距，心情的变异，都是这样的迅速。

我带着鲜梨，轻声的敲门。

——呀，怎么你竟回来了？

哥哥看见是我，很古怪的叫了起来。他的面色灰败，在那盏油灯的闪耀下，直够骇人。他的眼红肿，好像酒吃过度了，至今未醒。

我无心回答，直趋他们的睡床前，把梨子统都放在被上。

孩子很瘦弱。黑脸孔，深陷的眼睛，给泪水遮着，模糊地闪光。他的头发棕黄，伸在被外的小手，毫无血色。他看见一整堆梨，仿佛不可信似的，脸色快乐得转白了。他梦似的注视着，注视着。摸摸它们的叶柄，肥大的轮廓，以及那棕黑色的细点，他的心简直在惊奇之中陶醉了。他亲了亲他们，一会儿放在掌上，一会儿藏在被下。最后他把最心爱的一个留在外面，其余的统都放在枕后。这样似乎还不能放心，因为我看他时常翻出来数，看有没有给偷走了一个。有一次，他把梨举在唇边，想吃掉；但刚刚碰到了牙齿，却又突然放下，好像太可惜了。他的脸上浮着幸福的微笑，看看我，然后轻轻的叫一声：

——妈！

——什么？

——那是谁？

——那是姑姑。

——我们的姑姑？

——是的。你应得谢谢，你享姑姑的福呢。

嫂一面说，一面禁不住翻过头去。孩子没有说话，只是向我闪闪眼。那孱弱的，可怜的眼光，是乞求，抑是感谢，却谁能知道？他想梨已经想了一月多，整天的站在门外，张着燥极了的嘴，出神的望着梨圃。他从不敢向他们要，因为怕挨打。有几个顽皮的邻儿，晓得他的苦，故意在他的眼前眩耀。当这种时候，他又不敢哭，只是气得发抖的往家里躲。今天早上，醉鬼原答应买给他几个，可怜眼巴巴的望了一整个日夜，但到头还是落空。……

——姑娘，你离家时他是那样的肥嫩可爱，但现在却变成了这样！

可怜的母亲，终又忍不住哽咽了，至于我呢，想到自己年轻时候吃梨的容易，同自己只隔得一代的孩子，想得几个梨却竟已如此艰难，也禁不住泪泉汹涌。

第二天破晓，我们去看了母亲的坟墓。墓地是在梨圃附近，而且正对着我们曾经过了甜蜜时代的小稻铺。

山谷之夜

一个秋天的早晨，躺在会稽山尽处的一个小城市中，正下著乳白的大雾。这时有个二十左右的女人，穿过浓重的湿雾，驻足在白沙街五号门牌的石阶上。她把头缩进秋大衣里，战战兢兢的站著，两腿不住的颤抖。她的右手放在胸口，好像极力要把那颗暴跳的心压住。她用几乎失了知觉的左手敲门，门立刻开了。她很快地冲了进去，几乎同那开们的男子，——一个英俊的年轻人，撞了个满怀。

“芸，你在发抖呢。有人追著你吗？……你真的抖得厉害，……你，……我想……一定受惊了……”那男子看到她面色灰白，口唇没有一点儿血的全身颤抖，他的说话立刻变成口吃了。

“不。……你预备了吗？我父亲还在酣睡，但不久就会醒来。……九点钟，闹钟一响，他就起身了，……呃，留心九点钟！……”她声音短促，神情异常的兴奋。

说完后，她很费力似的喘著气，一双眼直楞楞的望着男子。

“早预备了。……我什么都不带走，除了一只很轻便的手提箱。”

“这样轻松好，多带东西会累死我们。外面刚下著大雾，我们应得赶快走。……我也只拿了父亲的一把手枪，五百块钱的钞票……”她看一看表说：“喔，留心九点钟!”

雾愈下愈浓，两人很急地出门，一双背影渐渐消失在乳白深处。

……太阳露脸了，雾变成横空舒卷的浮云。这时他们已经跑出二十多里，在一个山道上走著了。这一带全是山路，行旅非常不便，非常危险。两旁绵互著的，全是阔大的巉岩。那巍然耸入半空的连峰，那阴森郁茂的古松，使他们看著心跳。他们以前经过这里多是坐轿的，但这次匆促的出奔，使他们没有时间雇轿。坐在轿里不但不用怕，并且有种优闲的心情，可以恣意的赏玩山景。但这奇丽的山景，在这时，在他们气喘心急的跑路当中，却变成危险的，难测的，仿佛地狱的铁钉山。女人大约叫这峻陡的山势给吓呆了，一路只默默的跟住他走，没有自动的开过一次口。他却走不到两步就拉住她的手，很关心的问她是否怕，是否疲倦；她老是摇摇头不答，不得已时才轻声的说：“就是怕，疲倦，又有什么法想呢?”

他们走上一条最高的山岭，在这岭上可以看到离山二十多里的城市。看到那仿佛远在天外的人烟，他们又快乐，又惊吓。这时他们实在倦极了，但还得看清了并无人进山，才敢放心的坐下休息。

九月的风，嫩洋洋地吹。他们因为过于疲倦，所以一躺下，竟马上入了半睡的状态。

“睡著了?”

“呃——”她回答，像睡著，又像清醒。她是一个怀了孕的女人，胎儿秘密的在她腹内，已有两三个月的生命。这胎儿，这未来的小生命，就是他们这次私奔的原因。因走路过多，胎儿就不时的蠢动，这蠢动使她万分痛楚。

“又动了!”当胎儿猛烈的蠢动时，她不自禁喊著说。

“怎样?”

“又是猛烈的一阵，……喔又是……”

“你说怎样?”

“我说胎儿又动了，一阵阵的疼痛。……你看……”

她说得似乎非常痛苦，很软弱可怜的，把那个男子的右手放上她自己的腹部。

“啊——”他抚摸着在她腹内急烈蠢动的胎儿，惊惶得喊起来了：“为了这孩子，我们应得吃尽苦，受尽难；如果我们再不走，那危难也会马上眼见的，因为胎儿已长得这样大了。……”

“还是少说些话罢。我真倦，让我安安静静的休息一会。”

她合上眼睛，闭着嘴，倦卧在一条满是松针的草径上。她的一双腿，却还是不住地伸缩。

“这全是我造孽！”男子看到她的小腿痛苦伸缩，反覆著自谴自责。

……隔了不久，她就勉强的起来催促他走：

“在这儿不能过夜，快下山去找个村庄罢。”

太阳已晒到半面山谷了。晒不到太阳的群山，阴森森的异常怕人。他们在暮色的四合中，翻过几个较低的山岗，最后看到在山脚有类似房子的一点黑影。

“要是房子才好呢——”她指著那点黑影说。

“如果不是房子，那我们只好在松林中露宿了。”

他们凄然地苦笑。迟疑了一会看看天色渐黑，又不得不往前继续的走，崎岖不平的山路，几乎使他们变成跛了。

终于一座古屋显现在松林尽处。它给人造在这里，已有了三四十年风吹雨打的历史。用芦苇和毛竹编成的墙壁，已经大部分坍坏。几年前，它是空著没有人住的，它那时成为乌鸦喜雀的巢穴。下雪天，时常有野猪，山虎，狼，躲进这古屋避寒。一直到现在，屋角仍有几处留著干了的鸟兽的粪堆。这里也曾住过几个管山人，但他们有的在黑夜里给山虎咬死，有的砍柴从岩石上倒栽下来；因此一直空了十多年，也没有一个人敢住。现在却有一个老人独个子在这古屋中生活。他精神饱满，身躯伟大，每天上山去赶贼，赶野兽，什么事他都经历，什么危险他都不怕。他耐得下孤独，这山谷，已成了他惟一的伴侣。他没有财产，又没有子孙，完全是个无牵无挂的赤身汉，所以就是成天置身在虎口中，他也一点不愁不得好死。

他们走到时，老人刚在门外闲坐。他远远看到两个影子在山边移动，很奇怪。在这人迹稀少，豺狼当道的谷中，又是黄昏的时候，突然看到这一对男女，真叫他纳罕。见他们向他走来，更叫他惊惶。虽然他们是异性，但他们全是黑发蓬松，两腿微跛，把全身跟毛虫一样的缩在秋大衣里。他虽已活到六七十岁，照他自己想总算已经看遍了天下，看透了人生，但像这对男女差不多的打扮，他倒是少见。他怀疑地举一举手，高声问：

“你们从那里来的？”

“我们是过路人，老伯伯，你就住在这儿吗？”

“是的。”老人慢声慢气地回答。他的说话是种混杂的口音。他穿的，是油板一样龌龊，破烂得几乎可以透风了的短袄；他顶的，是墨样黑，剪了边的毡帽；他指甲很长，很垢；他从不著袜，连草鞋也是漏了底的，在这阴森古屋前，见了这白发，眼睛发光，精神矍铄的老人，是很容易给人怀疑为山鬼的。

“从这里可以上溪口去吗?”

“可以的。跨过前面那一条岭，就有船只了。”老人指著一座成天隐在云雾中的高山。

他们抬头望那山峰时，太阳早已不见了，月亮慢慢的升了上来。在银灰色中，有几条似乎倒悬半空中的瀑布，又莹澈，又透亮，闪耀得非常美丽。那些黑黝黝的，像惊涛似的连峰，这时都已成了青紫色。那曲折险巇的山道，蜿蜒地穿过丛岭。从那些深谷中，仿佛不断地吐出灿烂的，错落的，万千的星斗；那星斗，仿佛又很奇妙地升到天上，散在云间。还有一片烟，一片诡谲多变的颜色，看去多隐奥，多奇瑰！但是这烟云，这星斗，并不能消灭山容的狰狞，山色的阴森。

“老伯伯，让我们在这儿耽搁一夜好吗?天晚了呢。”

“可是可以的，但你们——”老人尽看著他们，仿佛很不放心。

“我们吗?——”男子笑著说，“我们是初阳城里人，因为犯了法，逃难经过这里的。”

“那末请进吧。”老人微笑著回答。在这种偏僻的山里，最能打动人心的，就是这种犯法逃难的事情。别提事实，就只这一类名字，已够引人注意了。他们最有兴趣听这类事，最同情这类人，就如看待传奇中的英雄。老人也曾到过初阳，他知道那里的人，全是蛮横勇健，往往为了一些小事，杀了人，破了产。那里最流行，最漂亮的几句话就是：“一拳头，一尖刀——男子汉安用客气！”那地方人不仅男的如此，就是女的也是一样。但看这男子这样的软弱，这样的斯文，杀人这类事，于他全不相宜。而且那女人，难道也要跟著杀了人的丈夫一道跑吗？所以那男子说他是犯法逃出来的，照他想，一定另有原因。

“你犯了什么法呢？”

“请别问，老伯伯！”

“是误伤了人吗？”

“不，决不是……”男子简直无法叫老人停嘴。经过了许久唠叨，他才算把话支吾开去。他因为急想看一看屋内的情形，而且这时夜色更浓，天气也更凉了；她在秋大衣里不住的颤抖，也真可怜，所以老人说话一停止，他马上要他引他们进屋。

屋内跟地狱一样的黑黯窄小，三个人走了进去，就不能很自由的旋踵了。地是泥铺的。有几处还生著杂草。墙土色，不曾粉刷过一次，风来时就跟著动摇。一进门，就嗅著一股臭气，一阵阴凉袭得你发抖。柱子上挂著鸟枪，柴刀，草鞋，以及一整包一整包的烟叶，壁上用木锤钉着各种兽皮，花彩斑烂的，情景非常可怕。老人从屋角拿出一盏油灯，用火刀给点著了，于是一缕阴惨惨的幽光，射在土墙上，愈显得黯淡可怕。他们很勉强的坐在一条板凳上，凄然地环顾四周，倾听著窗外的松声。他们全很害怕，似乎预感著一种困厄，一种危难。他还不时鼓起勇气问几句关于山居的话，她却沉默著一声不响。老人把一切安排好了后，就蹲到灶前预备晚餐。喔，那是怎样的炉灶，怎样的晚餐！那简直只是一堆土，一只上锈了的铁锅；放在上面煮的不像粥，不像羹，又不像饭的东西，水一沸，一股混杂的，野菜的恶气味，就蒸腾上来。他们几乎想呕了。但那老人却还问他是否愿意吃一点麦糊。

“不，我们全不饥！”他们随声回答，老人也不再客气，就独个子吃起来了。因为要避免看那野蛮的，粗率的，老人吃麦糊的样子，他们移目到门外。这时月光朗然，群山静穆地耸峙空际。从那些高山上绵延下来的森林的影子，不但长，而且很黑。猫头鹰在岩洞里怪叫，声音又凄凉，又明晰。远远还可听到不知名的猛兽，从这边吼到那边，那声音仿佛是从死的，冷的，地狱里来的警告。瀑布的奔腾，听起来，很怪的并不是雄壮，却是凄惨。有时月亮忽地隐殁了，于是群山在一片黑黯中，愈见峻峭。还有一种类似夏萤的秋虫忽明忽暗的在山麓游移，像鬼火，他们知道那并不是磷，但又不知道究竟那是什么。因为他们不懂得那光的来源，所以一种神秘的恐怖，竟使得他们毛发悚然。尤其是懦弱的，胆怯的女人，她简直不敢再向门外远望了。

“老伯伯，请你把门关上吧。”

“那儿来的门?”老人说，他这时刚想放下饭碗：“门早就烂了，让我把破木板拦住门口吧。”

于是他真的拿出了一块木板，用几枝树叉住。这就算数了，这大胆的老人，以为那样他们三个人的性命就有了保障。但是这对从未经验过这种生活的男女，却怕得非常，这样一块破成一个个洞了的烂木板，遮住这样一坐东坍西倒的旧屋，有什么用?这比之露宿，平安得多少?而且那几枝树椏，全是七零八落，一折就断的。所以这遮栏，别说是猛兽，是盗贼，就是一只最无用的家畜，也能把它撞翻了。

“啊，多可怕!”女人颤抖著说。

“有什么危险，总让我先死；假若是没有办法，我们也可以一同牺牲……但我想，我们会得平安过去的。”男子安慰她说。他虽则胆大一点，也不免心惊肉跳的想起一切。

“我们死倒不要紧，但已有了几个月生命的小宝宝，我们为了他私奔，但在半途还是免不了摧折，还是无福分见一见阳光，见一见世界，这似乎更使我伤心……”

“那也没有办法的，人一到这种地方，谁能说得定呢?”

"……"

这老人，这时已把锅擦干，炉火也熄了。他坐在一只角落里，很闲逸的抽著土烟。听了他们的谈话，看了他们的样子，不觉笑着说：

"怕什么？在雨天，黑夜，当豆子成熟时，我不时上山赶走偷豆的野兔，因为在山上，我有几块自己垦种的豆地……"

他说得异常自信，异常镇静，仿佛什么都不怕。为了增加说话的力量，他开始讲他自己的故事：

"记得有一次，我从豆地回来，是半夜光景，也是有月亮的天气。我远远看见——真的，我不说谎——我真的眼见一只山虎蹲在这门口，在撕裂我的一只小狗。我那时很爱养狗，它成天跟我上山下山，可以说是寸步不离的。碰巧那天它独自留在家里看门，不幸就发生了。我听见狗很可怜地叫了一声，那畜生的生命马上完了。那声音真惨，我如今似乎还能听到，但我并不害怕……"

老人吐了一口痰，又预备往下说，但给这个女人阻住了：

"请别再往下说吧，……我真怕，……"

她紧紧的挤近男人，仿佛他能保护她似的。因为她说得这样可怜，老人也不便再开口了。他搬开灶前的木柴，摊开一束又脏，又湿，又粗硬的稻草，似乎很抱歉似的说："就在这上面将就一夜吧。"

他们也只得将就的躺下了。想到这一夜的苦挨，这一夜的危险，她的眼泪不绝地淌下。男人虽然替她拭眼泪，极力安慰她，但他自己的恐怖也不下于她。这一种环境，这一种生活，他们的确还是初经验。那老人就在隔他们不远的另一个草堆上睡下。他抽了一会烟，咳了一会嗽，不久就睡熟了。那有力的，粗宏的鼾声，在屋内不绝地回荡。他们却紧紧的抱着，发抖的口唇互相紧贴，在静寂中不时漏出来几声长叹。他们想起一些危险的，不能预测的事实，就连叹气也莫敢大声了。

"也许就在这半夜里，我们生命完了……"

"我想会得平安过去的，芸，明天我们总可睡在溪口的旅馆里了。那里又平安，又舒服。"

"只好这样希望著罢了……"

他们从墙缝中向外望去，月光更亮了。在月光下，巨大的树影倒在地上，幻成各种不同的，魑魅似的虚像。一阵从山坳中吹来的狂风，把树林吹动了，于是一阵萧萧的落叶，发出吓人的声音，那声音由幽微转到宏亮，由凄凉转到悲切。开始仿佛是浅流的急喘，到后又好像是大风雨的呜咽；就是天崩地裂，末日到了前的预言，或者日月无光，宇宙毁灭时的哀号，也不过如此凄厉。那是不吉的恶风，阴风，一种能够吹融人们骨肉的黑旋风。它似乎从岭头，谷间，带来了不幸，带来了祸患。……

房子动摇了，屋顶格轧地响，那块烂木尤其震动得利厉，似乎就要给飞走了的样子。在这阴风惨号的时候，他们忽然听到外面有一阵声响，一阵急促的，重浊的脚步声，急驰而过。这声音他们是生疏的，但他们能够辨出那有力的，雄健的踪跳；那深沉的，粗壮的，仿佛一股狂风倏起似的吼声。他们都屏息著，死的黑影，仿佛已遮在他们的眼前，悲惨的预感冷透他们全身。他们颤抖著，抽搐著，愈抱愈紧，命运的相同，使他们更相怜爱了。他们只盖著一条毛毯，这薄薄一层的毛织物，如何经得起这山谷下的夜寒？这砭骨的，不可抗拒的夜寒，使他们更加感到痛苦。而且更坏的，是那已有两三个月生命的胎儿，这时又在母亲怀里蠢动了。女人因为怕，虽然感到澈体似的痛，也不敢高声嚷苦。她只是低声啜泣，尽向著男人的肘下躲。她仿佛已经全失了知觉，昏昏迷迷的，不知道究竟尚在人间，还是已入地狱，她只觉得一片无穷尽的黑黯。

“我们早完了，如果那畜生扑进这间房子……”

“好在我们可以一道死。最可怜的确还是这胎儿，如果我们不私奔，受得下社会的指谪，攻击，那他倒有幸运见一见天日。”

做母亲的默然了。他在这种危险的时候，危险的地方，能够跟她自己一样的怜念到胎儿——他们罪恶的化身，她觉得非常感动，这神圣的，柔和的感动，竟壮她胆量不少。她觉得能够跟他一道死，虽然可怜，但已无憾了。她辗转了许久，最后终于朦胧地睡去。但他们一睡，就有许多老鼠不知从那里出来，在各处跳跃著找寻食物。有一只，竟到女人身边用那长舌咂吮从她嘴角流出来的唾涎。在朦胧中，她听到鼠叫，触著鼠毛；她辨不出那是什么东西，也听不清那是什么声音；她想叫，想哭，但喉头仿佛给梗住了。挣扎了半天，她才吐出几句断续不清的呓语：

“喔山虎，山虎！……”

“什么，芸，那儿又来了山虎？”

男子惊醒了，他一听到喊声，马上跳起来，找到女人带出来的手枪，用颤抖的手，慌忙地装进子弹，把枪头伸出烂木板外，不曾瞄准的胡乱放了。

“什么事，什么事？”老人也醒了，一面喊，一面拿火刀取火，点著了油灯，他从壁上取下鸟枪，很敏捷的装上火药。

“老伯伯，门外来了老虎哪！”

“随它在门外好了，我们睡在屋里有什么要紧？我以为来了强盗呢。”

老人毫不介意的说。他把鸟枪仍然挂在壁上，吹灭了灯，又躺下睡了。那有力的，粗宏的鼾声，又不绝地在屋内回荡。

隔了不久，女人又呓语了，男人又胡乱的放了一会手枪；但那老人再不点火起身，也不再查问什么了。这一对无用男女的虚惊，只使他好笑。

……天亮时，在他们走向溪口镇去的路上，想到昨晚的事，仍然叫他们怕得发抖。他们很奇怪还没有死，走尽那些山，就像走尽了地狱；离开那些山，就像离开了梦境。阳光晶莹地照在他们头上，空气的清新，使他们感到一种从梦魇醒转来时一样的欢快。他们依然还生在世上，依然还能互相依赖，亲爱地，自由地走向光明。尤其使他们乐的，是他们胎儿，终于能够逃避了催折，有幸运见一见天日，见一见世界；因为他们已往的纪念，以后的希望，全都寄托在胎儿的身上……

暧 昧

那天的月光分外朗澈。

修整的马路，阴郁的街枫，在如水的月光中，似乎镀上了一层银色。蝉在幽闲地唱。公园里飘出音乐的声音。汽车密密的排列着。兜风的太太们，坐在宽敞的车厢里畅笑。日人办的浴池里，喷泉的水声丝丝的在响。晚风逗着枫叶玩。幽寂的走道上，点缀着婆娑的树影，显出轻舒的，恬静的情调。

市声，只在遥遥的远处喧噪。

这时我正踱来踱去的，在走道上面往复的打着圈子。幽静的夜景，把我催眠入儿时的记忆里。我梦着母亲，描绘出母亲的音容。音乐的声音，由轻微的，隐约的，迷离恍惚的，渐渐转入了高音。那柔和欲醉的琴音，使我想起了母亲的言语，母亲的催眠——那慈祥的，神圣的抚爱。我仰视着太空，星星正在熠熠地发光。这清澈的星光，使我想起了母亲的微笑。这微笑，仿佛填满了所有的空间，寄附在所有灵魂里。一种泛然的愉悦，流水似的渗入我的情窍。

忽然一双柔软的手臂，轻轻地触了我一下。一个蛋圆的，女人的脸孔，隐现在漆黑的枫叶深处。

“先——先生！”从那小圆脸上，发出一阵微颤的娇声。断断续续的，仿佛一串哀怨织成的愁丝。说话的时候，那个蛋圆的小脸幌动了一下，微微的垂在一边。一双水汪汪的眼泪，在黑暗中懦怯的，疲惫的发着微光。在模糊的夜色中，画出一个苗条的身材。

“什——么？”不知为了什么，听了那种微颤的声音，我竟微微的吃了一惊。

“先生，我想——”在那渐渐颤抖得厉害的起来的语音里，我懂得她是必有难言之隐的。

“有话请直说。”我谦和地向她鞠了一躬。

“简单说，简单说——”她楞了一会，才勉强的继续下去，“我说，我从吴淞来——”

“请爽快点说罢。”看到她那喃喃说不下去的样子，我有点生气了。我说得很响亮，仿佛不是我自己的声音。

“请你原谅我，我并不是坏人。我是女学生，给学校里开除出来的。”她说这话的时候，忽然一辆汽车驶过我们的面前，如炬的电光照出她那苍白的脸色。仿佛难为情，她渐渐的低下头去。

“开除？”我同情的问。

“是的。”她失望的搓着双手。

“为什么?”

“说来话长。就是说了，或许你也不会相信。”她顿了一顿，“其实你也何必晓得我的事?”

“那么，你想向我说的是——?”我怀疑的望着她。

“请恕我唐突——”她喘着气，“我想问你借点钱。”

“借点钱?”

“是。”她怕羞似的退后一步说。

“可是你得原谅我，在散步的时候，我是照例不带钱的。”我歉然说。手摸着衣袋，轻轻的拍了几下，表示并不说谎。

“可是，你不能带我到你的寓所里去?”

“我的寓所远着哪。”我连忙说。

“不要紧，只要你愿意。”她吞吐着说，“你怕不会晓得，我是饿的多么慌了。”

她说这话的时候，那双乌溜溜的眼睛，在黑暗中闪耀得更其明亮了。在那眼光中，冒出不可抑止的饿火。

“这怎么行?”虽然我心里这样想，可是口却不随心意的答应了，“自然可以，不过我还有朋友——”

“同房的?”她大胆的握着我的手问。

“是。”

“那有什么关系?”

“恐怕他问我——”

"你就说我是你的亲姊妹。"她松懈了手，急急的催着我走。一顿上好的晚餐，在引诱着她，似乎立刻使她活泼强健了不少。

仿佛做梦似的，我又给她握上了手，梦似的跟着她走。她像故意催眠我，一双小手愈握愈紧。痒痒地，我的手心里觉得发烧。

在月光中走仿佛有点寒意，她就借故的愈挨近的我的身。"好幽凉的夏夜，"她感叹着说，"究竟是近海的地方。"仿佛这句话含有特别的意义，她说得很高声。她尽管说着，仿佛忘记了我是同她初次会面似的。她说到月，说到花，而且说到爱。我很惊异，刚才还是那样软弱的，胆怯的，可怜的一个女子，现在竟突然这样的活泼起来。我很想问她，却不愿开口。"把她怎么办?"我一路只是这样想。

"你想我是怎样一种人?"在一阵悠久的沉默后，我突然听到她的声音。

"自然是女学生。"我虽然这样回答。可是心里却在想着"你么，喔，还不是一个无聊的女丐?"

转过了公安局，我们到了寓所。

当我按电铃的时候，她更紧紧地偎依着我。好像一开门，我就会把她摈弃在门外似的。

娘姨睡眼朦胧的出来开门。她看了看我，又看了看站在我旁边的“检来货”，狡猾的笑了一笑。她是从来不曾看见我同女人一起走过路的。

我们进了房，海正坐在桌旁看书。“好用功。”我拍了拍他的肩，“我给你介绍这位女友。”

“呃——”他跳起来说，“这位是——？”

“密司何”，我笑着介绍。看了看她那玫瑰色的面颊，心想大约她还年纪很轻，于是我就毫不迟疑的加上一句，“她是我的亲妹妹。”

“是新到上海的么？”海像信疑参半的向着我笑。

“是。”我一面回答，一面把她交代给海，“请你跟她谈谈，我去买点菜。”

走到门外，我又回转身来，对她暗使了一个眼色，“妹，请不要拘束，海是我的好友呢。”

我买菜回来，海已在生炉子了。一间小小的书房里，充满了洋油的臭味。

我替她炒好一碗蛋，一碗牛肉，还做了一个炸菜肉丝汤。

放汤的时候。我忽然无心的问她，“你可愿意汤里放点醋么？”

“不，——”她仿佛吃了一惊。但是看了看我的脸色，晓得我所说的并非开玩笑，于是立刻改口说，“少放一点也好。”说着，她的脸都红了。

我方才注意到她的衣服，是件自由布的短旗袍。衬着肉色的丝袜，淡黄色的高跟鞋，到也标致得异常动人。她很年轻，很快乐，又长得美丽。仿佛一株青葱葱的水仙，异常柔嫩。一种迷人的香气，从她的衣服上散布开来。

这衣服，这香气，都是微妙不可思议的。因着这不可思议的力，我的心扉预备第一天向女人开放了。

当我打水去的时候，忽然海从后面赶来，握住我的膀子，附着我的耳朵低声说，“你做得好事?”

“你说的什么意思？我不懂。”我放下脸问。

“不要假正经。”海湾着腰笑，“你带来的女人可是你的妹妹?”

“为什么不是?”

“为什么连你自己妹妹的脾胃都不晓得?”海反驳，“放汤的时候，哼！还得问她要不要醋?”

“你要晓得，我们已经一别多年了哪。”

“但是你们的面貌，我看来也不像。”

“因为她是我叔父的女儿。”

“但你不是刚才说过——她是你的亲妹妹么?”

“这——这——”我呐呐的说不出理由。

“这——这——”海学着我的语调。

于是我们相视而笑了。

“我觉得郁闷。”她听到我说她是我的亲妹妹，仿佛这就是一个保障似的。她就渐渐的放荡起来，渐渐除掉那种羞答答的神情了。

“那么出去走走罢。”

“进影戏院好么?”她问，眼睛探询似的紧觑着我。

“可以。”我无可无不可的说。

于是我们择了一个最接近的影戏院。

我们进去的时候，正在开映滑稽影片。黑漆漆的人潮中，不时发出锐利的喝采，影机的声音，微弱得似在向什么人私语，妇人们的香气，弥漫遍宽敞的空间。

我们坐在最后的一排。孤单单的——谢谢天爷——就只我们两人。

我们坐得很近，同挤在一处似的，仿佛凳会移动。她的双腿总是一步步的移近，到后来，几乎她已一半多坐在我的腿上了。

快乐和期望，渐渐抖动我的全身。我骄傲地看着面前的观客，仿佛心里在说，“看哪，我也居然挟着一个女人了。”

“我最爱看滑稽影片。”她看见我在沉默地幻想，忽然拍了我的肩说。

“为什么?”

“因为它能使人软，使人笑，”她笑着说，“你知道，笑是人生欢愉的标志哪。”

她说，而且笑出声来。看她那种愉快的样子，我的心里忽然冒上了火，“你这小娼妇，饭都没得吃，还亏你这样开心！”

忽然一阵喝采的声浪，雷似的响了起来，她连忙摇了摇我的膀子，要我注意到前面。

“你看，那傻瓜！”我顺着她的手指看去，只见灰色的银幕上，一个长鼻的矮子，把一只小腿倒悬在空中，装出恶俗的各种鬼脸。

我正注意着银幕，忽然一片潮润的，温腻的，而且软滑的唇瓣，油似的飞上了我的左颊。

我看了看她，她却装着不动。

但我刚一回头，同样的肉片又很温暖的贴上我的颈脖了。软洋洋的，仿佛落入甜甜的午睡中。我只觉得酥，觉得软，好像支不住自己的身体。一阵留在颊上的唇香，直落心的深处。

看到我那仓皇失措的神气，她在旁边掩住口笑。好像我是一个在她掌握中的俘虏，料定会得屈服在她的脚下似的。

虽然我还勉强保持着尊严，不敢十分放肆。可是心里却很想俯到她的小耳边，低低的喊一声：“我亲爱的乖乖！”

“如果我有这样的幸福，”她忽然把头紧靠着我的胸膛，轻声说，“永远的同你做个朋友！”

“那容易。”我推开她的头，很想趁势的吻她千次。可是一想到渺茫的未来，却又竭力的把自己的热情遏抑了。

“不过——”她迟疑的说，“你有妻子不?”

“有，没有，连我自己也不明白，”我故意这样说。“这简直是荒谬绝伦!”我这样想时，很想酷毒的骂她一顿，可又怕她生气。

我们走出影戏院的时候，已是十一点过了。街上很寂寞。电车，汽车，都已停驶。红绿的电灯，在疲惫地吐露着光芒。魁伟的巡捕，无可奈何地站在岗位上面。

“坐车罢。”我想雇车，她不答应。她说路并不远，而且深夜散步是很富于诗意的。

“你疲倦么?”她像不放心的问。

“不，你呢。”我抖擞着精神，跟着她走。

“我很愉快，”她指着挂在天际的几颗星星说，“多么美妙的夜色啊。”

于是我们就肩并肩的，在马路上故意的放慢脚步走。

我们朦胧的，过了许多幸福的日子。

那时刚好我还有钱，因此每天不是进戏院，咖啡店，就是到跳舞场。足迹所常到的，其实还是几个有名的舞台。她很爱看旧剧，以为旧剧中就只唱戏一项已够令人留恋了。

最难忘的，是那晚上的一幕，——哦，愿她永生记住那一夜——那是一个多温情，多柔和的晚上！那时我们正在马路上散步，优闲地领略着秋趣。咖啡色的街枫，温凉欲醉；如洗的青天，渺远无穷。路上的落叶，因着汽车的飞过，引起了一阵飒飒的怪响。晚风吹上人的衣襟，已有十二分的秋意了。

“你还记得那晚的情景?”她忽然问我：“我竟沦落到那步田地!”

“记得，”我说：“不要想它罢。”

“我并不想它，不过随便问问罢了。”她忽然又接着问，“可愿什么地方逛逛去?”

“可以。”我摸一摸衣袋，还有三只大洋。

“天蟾好不好?”

“随你便。”

我们进了舞台，离开锣的时候还远得很。

舞台是三层的建筑。虽然还宏伟，可是装璜得并不十分华丽。到处很黑黯，只有舞台上的红绿脚灯在微微的闪光。这幽光，在无限的黑黯中，显得多么的神秘!上下的窗门都闭得紧紧的，一种窒人的空气，在各处流动。我们坐在靠右的包厢里，前后还不曾有人。茶房送来戏单，匆匆的冲过开水走了。

我们默默的坐着，眼望着墙上的挂钟。我的心上，浮沈着冲动的，好奇的欲念。我偷偷的看了她一眼，决定今天做一点傻事。

果然，她突然的把头向我一依，“我爱你，”她眼睛看看别处说，“我觉得心跳。”

“你说谎。”

“为什么？”

“因为你——”我指着胸，“并非出于诚意。”

“何以见得？”

“因为如果你是真心爱我，”我说，“必愿告诉我你的真姓名。”

“啊哈，你这人！”她笑了，“原来就只这点理由？”

“难道这还不够证明？”

“当然。”

“那末请你告诉我，告诉我。”我拉她的袖口。

“不要这样认真，”她挣脱了袖口，“随便一点罢。”

“那末你要我怎样叫？”

“随便一点罢。”她重覆的说。

“怎样随便点？”我又拉她的袖口，而且搔她的手心。

“不要动手动脚！”她微愠着说，“放庄重一点！”

“不是你自己叫我随便的么？”

“难道我要你这样随便的？”

“为什么不是？”

“不能。”

“为什么不能？”

“不行。”

“为什么不行？”

“不要傻!”

“我偏要傻。”我突然的搂住她的腰，一股浓烈的香气留在我的唇上。她完全服从，仿佛孩子似的任我播弄。

“痒，痒。”我的手伸入她的衣袖，她笑着打滚。

“你要我痒，我却——”她出其不意的捏了我一把，“要你喊痛!”

就是这样的，这样的，我们渐渐的忘了人忘了舞台，忘了世界。在她的呼吸声里，房子好像旋转着了。一朵朵的花，一声声的笑，一丝丝的舞影，这些好像织就了一个花环，在我们的眼前滚动！那温凉的手；细腻的颈；那胸脯；那天真的唇；那黑脂似的眼；尤其是那水仙一样柔嫩的，葱茏的嫩肌；都给我一种启示，神秘，近乎荒唐的可笑。我惊异，那样羞怯的，胆小的，向人求乞过的一个女子，现在竟会同自己纠缠在一起。而我自己呢，竟不知道她的名，她的姓，她的身世，居然就这样容易的堕入她的暧昧圈里，莫能解脱。这简直是荒唐得可爱，神秘得可怕!

我们沉醉在另一世界里。因此什么时候开锣，做的什么戏，以及什么时候走出舞台，我们一点也不明白。只觉得我们做梦一般的，混在马路上的人丛中，两双眼睛不时的透过人家的肩膀，解意的相视而笑。

我们这样的过了几个月。

我们不希望她走，她也不愿离开。她时常赞叹都市生活，说都市生活才是活泼的，生动的，而且迷人的。她同海也渐渐的亲热起来了。如果我有事，她就约他出去，总是夜深了才回来。

虽然我们住得这么久，可是她的姓名，她的身世，我们还是茫然。我们问她，她总是头一歪的，支吾到别的话上去。看她的样子，好像姓名就是她全部的秘密，姓名一说出，她的秘密就会全破了似的。她很快乐，整天的说笑，可是一提及她的姓名，就会忧郁地俯下头，注视着地板，无可奈何地擦着双手。

“随你们怎样叫罢。”她总是这样哀恳着我们，我们也只得随她了。

我们正想同她多住一些时候，可是，在那可诅咒的一天晚上，她却突然的走了。

那天因为我们都有事。她说一个人去看电影。但是一直等到夜深，她还不曾回来。

我们急了。

“难道就会这样突然的走了？”海像不信似的问。

“不然，为什么这时还不回来呢？”

“或许她到朋友家里去了？”

“不，她是没有朋友的。”

“你那里知道？”

“她告诉我的。”

“那末她到那里去了？”

“或许给汽车撞到了?”

“或许跟人走了?”

“也或许迷路了?”

“……”我们哑谜似的猜了许多时候，仍是不得要领。一种轻微的失望，像影子似的，跟住我不放。

“出去看看罢。”我无意识的要海出去。

“出去有什么用?”

“在马路上，或许能够遇见她罢。”我勉强笑著说。

“妄想。”海叽咕了一声，像生气了似的，默默地跟着我走。

我们茫然的在走道上打圈子。两人都不愿说话，好像都突然的上了心思。真的，她同我们之间，虽然说不上什么真的爱，真的情，可是她在这里，多少总能安慰我们的孤寂。她的一颦一笑，一言一语，甚至于她那泼辣的性情，桃色的谎言，都能热情的鼓舞我们，使我们感到活泼，新鲜，年青而健康。可是现在，她已突然的走了。我们的生活，又将变成枯寂，憔悴，乏味而且可怕。

月色还是一样的朗澈，街枫却已差不多落尽了。阵阵的寒风，预示着严冬的残酷。

汽车很稀少。公园里的音乐静寂了。艺术学校里的钢琴，正在远处微颤着。不见人的语声，也看不见人的影子，一切都显得很静默，很凄凉。

我回想到初逢的那晚，以及中间过的许多欢乐的日子，不觉梦似的滴下了眼泪。恐怕给海看见，我连忙在衣袋里找手帕：可是摸出来的，却是一纸折叠得很整齐的素笺：

“我亲爱的戈琪，我爱的恩主！

“命运把我们聚在一起，如今又是命运给我们分散了。

“我是——我敢发誓，赌咒——把第一颗心给了你的，但你却似乎并没有什么诚意。我可不怪你，你那宽大的心胸已够使我满足了。

“我不愿意使你晓得我的真姓名，因为我是一个被人遗弃了的妇人。（我说我是学校开除出来的女学生，不过是谎你罢了）。我不愿有人晓得我的过去，因为那是太惨了。我的沦落到那个样子，也是因为过去的一段恶姻缘。那姻缘，——不，那悲剧，简直是我永生的创痕。它给我的尽是伤心，失意，人类虚伪的显示。因为我想忘掉过去，所以我想永远的忘掉我的真姓名。那姓名——啊，那悲伤的符号，是多么的该遭诅咒啊！

“现在，我要回家去。因为我在影戏院里，无意的遇见一个同乡。他告诉我，告诉我，啊，天哪，我的母亲竟病倒了，而且快要临终了。我得星夜赶回家，（家并不远）虽然我舍不得离开你，可是陪我历尽患难的母亲，（只有她是分负过我的悲苦，分流过我的眼泪的。）

她竟不前不后的在这个时候病了。我得回去，我愿为了母亲，真的我愿为了与母亲的最后一别，牺牲了一切情，一切爱，一切桃色的欺骗！

“别了，我的爱，我的恩主！

“请你把我永远的，永远的留在你的记忆里！啊，那梦一般的几个月的生活！

“你的枕下有绣帕二方，那是我在平日，避了你们的眼睛绣成的。我是早料到我们有这么的一天，现在却因母亲的病而实现了。

“请你给海一方，啊，这是多么值得眷念的，追忆的一个朋友！……

你的——”

我连忙跑回家里，果然在枕下检到两方绣帕。水仙色的细绢上，很细密的绣着两行蟹行字：

我们无心的相逢，

现在却是有意的别了。

我注视着帕边，一股茉莉似的浓香扑入我的鼻管，仿佛在不可知的远处，那风姿绰约的，水仙一样柔嫩的女人，在葱茏地微笑。

我记起了影戏院，咖啡店，以及宏伟的舞台。仿佛刚才恢复了知觉，觉得一切都是荒唐得异常动人。“会不会再逢？”这个渺茫的问题使我感到兴趣。

我一面给海绣帕，一面问：

“绣这帕儿的，究竟是谁呢？”

“我不知道。你呢？”

“我也不知道。”

我们看着娟秀的小字，不觉相顾惘然了。

从此，我们就没有得到她的一点消息。洁白的绫绢，如今已快变成焦黄的桌布了。

旧版《良友文学丛书》广告页

良友文學叢書之八

離婚

老舍創作

作者是中國特出的長篇小說家在獨創的風格裏，蘊蓄着豐富的幽默味。本書都十六萬言，作者自己在信上說過：「比貓城記強的多，緊湊處更非二馬等所能及。」全書最近脫筆，從未發表，是一九三三年中國文壇上之一大貢獻。

三百二十餘頁
黃道林紙精印
軟布面洋裝訂
每册大洋九角
郵費國內二分半國外二角半

一九三三年八月出版

旧版《良友文学丛书》广告页

良友文學叢書之十三

移行

張天翼作

筆者前作長篇小說「一年」，銷行近萬，本書爲近二年來在現代文學等著名文藝刊物所發表之短篇小說集，共十五萬字，都九篇。其中移行一篇多二萬字，寫一叛變之革命女子，從未發表。

全書多十六萬
洋裝布面裝訂
黃道林紙精印
每册大洋九角
郵費國內二分半
國外二角半

一九三四年十一月出版

旧版《良友文学丛书》广告页

良友文學叢書

編號	作者	書名
(10)	沈從文作	記丁玲
(11)	老舍作	趕集
(12)	陳銓作	革命的前一幕
(13)	張天翼作	移行
(14)	鄭振鐸作	歐行日記
(15)	靳以作	蟲蝕
(16)	茅盾作	話匣子
(17)	巴金作	電
(18)	侍桁作	參差集

旧版《良友文学丛书》广告页

图书在版编目（CIP）数据

暧昧 / 何家槐著. — 北京：中国国际广播出版社，2013.1

（良友文学丛书）

ISBN 978-7-5078-3513-7

Ⅰ. ①暧… Ⅱ. ①何… Ⅲ. ①短篇小说－小说集－中国－当代 Ⅳ. ①I247.7

中国版本图书馆CIP数据核字（2012）第265726号

暧　昧

著　　者	何家槐
责任编辑	张娟平　杜春梅
版式设计	国广设计室
责任校对	徐秀英
出版发行	中国国际广播出版社（83139469　83139489[传真]）
社　　址	北京复兴门外大街2号（国家广电总局内） 邮编：100866
网　　址	www.chirp.com.cn
经　　销	新华书店
印　　刷	环球印刷（北京）有限公司
开　　本	620×920　1/16
字　　数	70千字
印　　张	10
版　　次	2013 年 1 月 北京第一版
印　　次	2013 年 1 月 第一次印刷
书　　号	ISBN 978-7-5078-3513-7/I・371
定　　价	35.00元

CRI 中国国际广播出版社

欢迎关注本社新浪官方微博

官方网站 www.chirp.cn

人文阅读与收藏·良友文学丛书

(1)	鲁　迅　编译	竖　琴
(2)	何家槐　著	暧　昧
(3)	巴　金　著	雨
(4)	鲁　迅　编译	一天的工作
(5)	张天翼　著	一　年
(6)	篷　子　著	剪影集
(7)	丁　玲　著	母　亲
(8)	老　舍　著	离　婚
(9)	施蛰存　著	善女人行品
(10)	沈从文　著	记丁玲
	沈从文　著	记丁玲续集
(11)	老　舍　著	赶　集
(12)	陈　铨　著	革命的前一幕
(13)	张天翼　著	移　行
(14)	郑振铎　著	欧行日记
(15)	靳　以　著	虫　蚀
(16)	茅　盾　著	话匣子
(17)	巴　金　著	电
(18)	侍　桁　著	参差集
(19)	丰子恺　著	车箱社会
(20)	凌叔华　著	小哥儿俩
(21)	沈起予　著	残　碑
(22)	巴　金　著	雾
(23)	周作人　著	苦竹杂记　（暂缺）